天然紀念物

ㄛ基桑 vs.ㄛ芭桑

胡德成　著

宜 高 文 化

目錄

◎【親情篇】

◎【人情篇】

前言　衰老的答案

人，爲什麼會衰老？

以目前人類的知識看來，「時間」似乎是個最關鍵的因素。關於時間，我一直以爲它是個單向且直線前進，既抽象又不能回頭的東西。

最近我讀到一本物理學的書籍，書上說：按物理學分析，時間不但會彎曲，而且可以有快慢之分。書中的作者提到一個著名的彼得與保羅的「孿生詭論」（twin paradox）作說明，這是經過證實的愛因斯坦「相對論」所衍伸出來的必然現象之一。

內容是，彼得與保羅是一對雙胞兄弟，當他們長大到能夠駕駛太空船之後，一天保羅駕船一飛沖天，以極快的速率離去。留下來待在地面上的彼得，眼看到保羅的太空船速率實在非常快，不但使得保羅的時鐘明顯慢了下來，連帶他的心跳、思想，乃至他周遭的一切，全都慢了下來。

接著保羅去各處旅遊，在外太空待了一陣子之後才回來，當兩人見面後，留在地面上的彼得發現，雙胞胎哥哥保羅竟然比他年輕許多。（參考《費曼的六堂相對論》）

看完這個論述，我推想如果保羅代表一群人，彼得代表另外一群人，他們有著同一類生命特質，並且生活在同一個地球之中，可是當他們共同過完同一段時間後，保羅這群人卻普遍要比彼得他們年輕。

如果這個推論成爲事實，那麼是甚麼樣的理由和條件，可以像愛因斯坦相對論中的高速太空船疾駛一般，讓原本該衰老的保羅卻仍然保持年輕呢？

我問過許多朋友，有老、有少，當我用物理學的角度發問時，幾乎沒有人知道答案，可是當我換一個方式問：「爲什麼在同一個地球上，同一段時間內，竟然會有那麼多看起來不老的老人，又有那麼多看起來不年輕的年輕人？」，大家就都異口同聲地說：「因爲心態上的差別吧！」

可是這個大家都認同的答案對物理學家們來說，肯定都不能接受！因爲沒有數據或實驗顯示，人類僅僅依靠「心態」就能使自己變老或變年輕。

在科學家的眼中，除了用科學方法外，眼前不可能有一種更有效、更簡單的方法令人返老還童。問題是，至今爲止，科學家也找不到一個可靠又沒有副作用的研究結果，讓人們都像保羅一樣年輕起來。

還好，令人欣慰的是，現今科學家大多數的研究成果，在一百年前的科學家眼中看來，也都是些不可能的事，也許等過了一百年後，科學家們就會一致贊成：「時間只是一種集體認同的心態而已，

前言

它與衰老沒有絕對的關係！」

也許眞的有人會說：「那就等一百年吧！等到科學家研究出眞正的答案後，我們再來改變心態。」（眼前就有許多人，一直要等到科技產品發明出了什麼，才知道原來人類也可以這樣啊！）

你說呢？

曾經有位很有智慧的長輩說過：「上了年紀的人，不管你以前有多美，多輝煌，或吃過多少苦頭，一定要懂得，眼前的一刻，就是你所剩下的日子裡最年輕的一刻，不管你要如何規劃往後的日子，永遠都要認眞地對自己說：『我還年輕！我永遠都有夢想。』」

謹將這段話，送給全天下快樂與不快樂，已經成爲或終將成爲「ㄛ基桑」和「ㄛ芭桑」的人們，並希望藉著書中的那些故事，能讓大家不必等上一百年，才找出人爲什麼會衰老的答案。

愛情篇

1 e世代老少配

日期 2001 oct.10
寄件人 lin@hotmail.com
主 旨 昨天下班後心情不怎麼好

昨天下班後心情不怎麼好。一個人突然很想沿著河岸走去，毫無目的。

不知不覺地我把太陽走下去，又把月亮走了上來，岸上的風始終繞呀繞的在我身邊，讓我想起年輕時候，第一次和戀人並肩走在繁華街道上的情景，熱鬧的廣告看板，擁擠的小販加上川流不息的路人們，所有的那些喧囂對當時的我來說，就像風一般從我身邊拂過卻不造成一絲干擾，我的視線是寧靜的，感官裏除了對方就只剩下心跳。

說實話，我早已忘記當時我們說了些什麼，可是他那手足無措的樣子和傻傻的笑容，至今仍在我內心盪著，我們像一對河面上的野鴨，只管沿著河流的盡頭游下去，管他什麼世事難料人間紛纓，我喜歡這樣，即使我們爲此錯過了最後一班公車，心裏卻還慶幸著，又可以在月色中並肩走在回家的路上呢！

如今，月仍是那個月，所有的寧靜卻都已成了寂寥。

再過幾年就要退休了，接下來眞的開始要過徹徹底底一個人的日子，我並不後悔當初沒有衝動地隨便找個人嫁掉，然後過著平凡無趣的家庭生活（雖然我身邊的朋友大多做了這種抉擇），因爲愛情對我來說，是無法用任何有形的條件來交換的。

唉！算了，愛情是沒什麼道理可說的，選擇了就承擔吧！

可是話說回來，至今我仍然相信，戀情儘可以隨風逝去，年輕卻必須永遠停在心裏，有了年輕，生活才有無限的可能，所謂的浪漫，不就是那一丁點兒的無限嗎？你還年輕，可要懂得把年輕牢牢地抓在手裏，像你這樣辛勤工作的人，成天揮趕著青春，終有一天你會和我一樣，浪漫也將擦身而過。

對不起，和你嘮叨那麼多，偏偏我的一指神功又一直沒什麼長進，所以回信的速度很慢，年紀大了要接觸新潮，尤其是你們年輕人玩的電腦，總是有些力不從心。見諒

美玲

日期 2001 oct.10

寄件人shen@kimo.com.tw

主 旨 我默默地喜歡過一個人

妳何必那麼在意年齡，我的身邊也有不少五十來歲的朋友，他們沈穩、閱歷豐富，特別是比較能體諒別人，這些都是在年輕人身上少有的，而妳，是我所有朋友中最貼心並願意爲別人設想的一個，雖然我們通信一年還未曾見面，可是我已經把妳當成我最知心的朋友。

謝謝妳在上封信裏給我的忠告。工作量太大，一直是我們這種工作型男人最大的無奈，每天活得像7-11似的，連給妳打這封信都是利用加班的空檔在辦公室內完成的。其實，我也是個憧憬浪漫的人，可是浪漫並沒有給我帶來太

多憧憬。

曾經，我默默地喜歡過一個人。

我喜歡為她承擔所有的辛勞。我喜歡在她的餐桌前放上我猜她當時最想吃的食物。我喜歡讓她的窗前永遠有一枝綻放的花朵。我喜歡看她在公車上打瞌睡的樣子。我還喜歡她總是愛爬樓梯後紅潤的臉頰。

我喜歡她，我就是喜歡她。

可是，當我告訴她，我喜歡她，想和她生活一輩子時，她卻皺起眉頭，用我最不喜歡的表情對我說：「我們什麼都沒有，在一起生活太辛苦，現實是殘酷的，我不想讓愛情在面對現實的時候成為一種無奈。」

於是我離開她，離開那個我不曾有過野心的公司，在另一個天地裏沒日沒夜地工作。

現在我擁有了一個自己的小公司，可是卻成了浪漫絕緣體，凡是對我示好的女性，都被我不由自主地歸類爲「有所求」而拒人於千里之外。

感謝上蒼，終於有了妳的出現。我們通了那麼久的E-mail，終於我想說，我喜歡妳。

我們見面吧！

裕盛

日期 2001 oct.12

寄件人 lin@hotmail.com

主 旨 你眞的考慮清楚了嗎

看完你寄來的『e』，我六神無主。

考慮清楚了嗎？我已不再年輕，也不再美麗。

你要面對的是我們不平衡的衰老速度。

你要頂著別人『老少配』的異樣眼光過日子。

你要在生活上照料我的必然遠多過我能對你的照料。

除了並肩靜靜地走在河岸，我無法給你更多的期待。

還有很多你的年紀無法想像的不便，總總總總……。

你眞的考慮清楚了嗎？

美玲

日期 2001 oct.12

寄件人shen@kimo.com.tw

主 旨 我相信我的直覺與決定

我相信我的直覺與決定。

唯一要說的是，通信一年多來，妳沒問過我的年紀，而我竟也一直以當年青人而沾沾自喜，請原諒我，事到如今必須向妳坦承，我也是個將近五十歲的人了，我想，我們的差距應該不會超過十歲吧！所以妳的擔心，其實是多慮了，而且，就算妳的擔心都成爲事實，我也要很肯定的告訴妳：我喜歡妳！

裕盛

日期 2001 oct.15
寄件人 lin@hotmail.com
主 旨 不知道怎麼跟你說

傷腦筋，不知道怎麼跟你說。

眞正需要原諒的，其實是我。

這些年來，我無法忍受追求我的人大多只看到我的外在條件，於是渴望眞情的我，開始隱身在網路背後，一廂情願地用三十年後的自己結交朋友。我知道這是因爲自己對感情太沒安全感，如果你在了解眞相後，無法接受我的不誠實，我能理解。

美玲

日期 2001 oct.16

寄件人shen@kimo.com.tw

主 旨 我等妳

妳是我翻遍銀河系後才尋獲的珍寶，我豈能再放開我的雙手？告訴我妳的河岸，我會去那裏耐心地等妳，不論妳是什麼年齡和外貌。我等妳。

裕盛

p.s.：妳的性別沒有瞞我吧！請原諒，這是我對愛情唯一介意並堅持的一部份。

2 一顆鑽石（真人故事）

愛情是兩個人的事。我猜戀愛中的兩個人，應該都會想藉著愛情得到些什麼？問題是，在愛情中我們又能給對方些什麼呢？

我家住在離碧潭河岸不遠的地方。我喜歡去河岸邊閒蕩，去那裡看看當季流行的戀愛方式。

幾年前的某個下午，我坐在河岸公園的石階上發呆，那天既沒有風雨也沒有太陽，氣候舒服極了，可是坐在我前方的情侶卻硬是撐著一把傘，兩個人擠在傘下親暱地喝著廣告上宣揚的那種「增進愛情濃度」的易開罐飲料。看起來，許多人的愛情似乎很難不依賴某些形式來維持，尤其是那些特別流行的形式。

那天令我印象深刻的其實是另一對情侶。那是一對看起來有點貧困的白髮老夫妻，他們遠遠地、慢慢地、沿著河岸走過來，一路撿拾著地上的空瓶罐，老先生雖然看起來步履蹣跚又咳得有點嚴重，自己還是扛著一袋沈重的回收鐵鋁罐，把另一袋較輕裝著寶特瓶的袋子讓老太太拎著。

他們走到那對年輕情侶的不遠處，也許是想等著撿拾年輕情侶手中的罐子，老先生示意老太太坐下來休息，老先生自己則攤開一條乾淨的方巾鋪在石階上，給老太太當座墊。

與此同時，年輕的男生正把飲料罐的拉環套在女生的手指上，女生笑了，表情看起來有些預期的感動，她端詳著手指上的拉環許久，然後頻頻地向一旁不停詢問的男友點頭，一副待嫁新娘的幸福狀。有趣的是，幾乎是同一時

間，年輕男子和老先生各自從自己的背包中拿出一個盒子，當男生的小盒子揭開時，出現在眾人眼前的是一顆鑽石戒指，這個舉動引來了周邊人的羨慕眼神，大家彷彿在看一齣「梅格萊恩」主演的浪漫愛情電影，樂得那位女生一直擁著男生的頸子並親吻他泛紅的臉頰。然後她戴上鑽戒，並把那個不值錢的拉環取下，丟在一旁。

在另一邊，老先生的盒子裡不過是躺著幾卷壽司飯團，老先生遞了飯團給老太太，然後兩個人邊吃邊聊著，老太太還不時拍著老先生的背，想要平撫他的咳嗽，在場的人似乎只有老太太，一點也不在意身旁年輕女生的美麗鑽戒。

後來，老先生在畫面上消失了。

只剩下老太太一個人安靜地收拾起那塊方巾，而且那塊方巾皺巴巴地，看起來已經好久沒有清洗了。不過這個畫面的時間，已經是過了幾年的午後，我再度來到同一處的石階上，正好看見老太太孤獨的身影緩緩走遠，我有點訝異，但是我不敢追上前去詢問老太太：「老先生去哪裡了？」

也許是我想的太多，可是我眞的深怕問這個問題，萬一眞的觸動到老太太的傷痛怎麼辦？萬一，老太太失去的不只是一顆「鑽石」。

3風鈴Ⅰ（煙雲往事）

姑婆今年八十八歲。她是我朋友的姑婆。

姑婆的頭髮頂端總是別著一根素色的髮夾，姑婆的臉上也永遠有著一種羞澀而天眞的笑容，就像她可以隨時進入時光隧道，停留在十七歲初次遇見情人似的神情。

聽我朋友說，姑婆年輕時是個清秀佳人，當時說媒的人一大堆，可是直到今天姑婆仍然維持單身，我趁著姑婆去張羅茶水的空檔打趣地問朋友：「難不成姑婆是同志？」

朋友推我一把說：「不要亂講，我姑婆可是個痴情種子呢！年輕時，她認識了一位日本軍官，那個年輕人教她認日文，並灌輸她一些不負責任的思想，那些話姑婆到現在還是深信不疑，而且常常向我們說起，像『愛情不一定要以婚姻作結論』、『相信，是所有力量的來源』。還有，還有她最常講的一句名言就是『愛是風鈴』。」

「她說很多人都會在意風鈴要響給誰聽？可是她認爲那只是一種被擁有的感覺，眞正感受過愛的人就不會介意那些，風鈴的聲響是一種喜悅的反應，有風，風鈴才會喜悅，哪怕一生只響過一次。」

「她的話是沒錯，可惜自從那位日本軍官隨部隊回到日本後就沒有再回來過，留下我姑婆一個人面對所有異樣的眼光，偏偏姑婆始終願意死心塌地的深信著一種平常人老是掛在嘴邊卻不會眞正相信過的東西。」

「哇！好浪漫，像是台灣版的蝴蝶夫人，要是姑婆能再年輕六十歲就好了，我一定會追她。」我聽得入神，不禁羨慕起這份純純的愛戀。

「好你個頭！一輩子的青春都耗在等待裡，等到最後什麼都沒有。」講到這裡，姑婆正好從房裡端出她自己熬的新鮮水果茶和零食，送到我們面前時她問：「妳說沒有什麼啊？」

朋友有點難為情地說：「沒有啦！我這次是來向姑婆辭行的，下個月我要去日本讀書，可能很久都不能來看姑婆了。」姑婆聽到朋友要去日本，眼睛亮了起來：「妳是去哪一個縣？西山先生是住在兵庫縣的冰上郡，他的小孩這幾年有寫信來給我，還把當年他爸爸和我的合照寄來給我唷！」說完她又轉身回房去拿照片給我們看。

「這好像電影『麥迪遜大橋』的情節！」我興奮地說，就像自己也參與電影的演出似的。

朋友諷刺我說：「看電影很過癮，可是若是在眞實生活裡眞的像是電影裡的女主角，就沒那麼好玩了，像你們這種玩世不恭的人，哪裡會知道等待的苦啊！」我也消遣她說：「妳們女人都這樣，只是想滿足佔有慾，然後就硬說那是愛情，我贊成姑婆說的，風鈴的價值在於她能陶醉在風中，而不是風鈴屬於誰？」

朋友給了我一記白眼，然後說：「自私的男人！」

姑婆隨後拿著她和西山先生並肩合影的那張泛黃的黑白照片，對我們述說她和西山先生的往事，看著她那天眞羞澀的笑容，讓人感覺彷彿這些淡雅又單純的戀情就發生在昨天似的。

愉快的交談過後，朋友拿出袋子裡的相機請我幫她和姑婆合影，從相機的視框中看到她們並著肩，兩個人的神情眞有點像一對母女，似乎她們之間貫穿著一條隱形的時光隧道。

接著，像孩子似的姑婆也要求讓她玩一玩相機，於是她叫我和朋友在她對面並肩坐著，讓她按下快門。

送走朋友的一個月後，我接到一封從日本寄來的信，裡面沒有隻字片語，只有一張以黑白底片拍攝卻用彩色沖印成泛黃的相片，相片裡我和朋友並肩坐著，背景是姑婆家的窗前，窗邊吊著一串因搖動而在影像上模糊的東西，看起來很像是……一串風鈴。

4風鈴II（尋人啓事）

我不時抬頭看看牆上掛鐘的時針，希望它走快一點。一段時間後，我又把精神貫注在分針上，想試試自己能不能用超能力推動分針往前快走。最後我放棄所有的努力，消極地讓視線隨著秒針在鐘面上打圈圈。

不知重覆了多少遍，每次我去看姑婆，她總是在講她的陳年往事，講她打著赤腳翻越老家的圍牆，講她如何在野台戲的戲棚前遇到她的初戀情人，講她的戀人曾經插在她頭上至今仍繚繞在心中的花香，以及她坐在單車後座放風箏的快樂……，按照保守估計，一直到姑婆一個人從基隆坐夜車回到彰化，至少還要講一個半小時，而且在這之間，不論你是在發呆或看報甚至接電話都不會影響她和

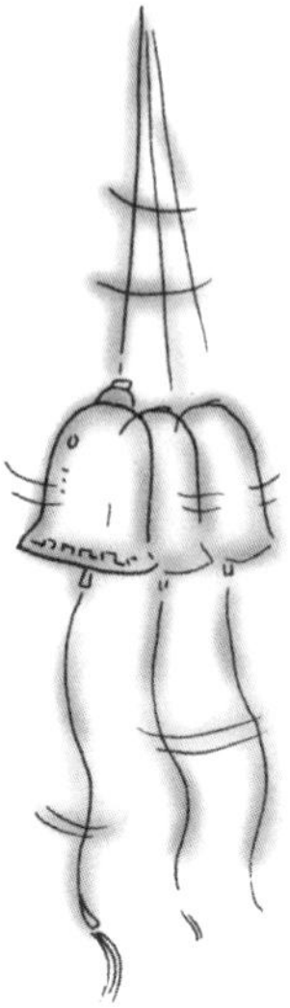

你的「聊天」。

每次在離開前，我都暗暗決定這是最後一次聽姑婆唸經，我不想再把時間耗在無謂的過去裡，可是每次在道別時，姑婆總是會說：「我知道，這些古老的代誌，你們少年郎卡不愛聽，好加在你和別人不一樣，都很耐心聽我說這些，你眞是個好心人喲。」天曉得，其實我只是受了朋友之託，有空就會來探望獨居的姑婆。可是只要她一稱讚，我又會忍不住每次都再來「最後一次」。

還好，姑婆除了愛重覆往事，她也是個不錯的聽眾，平常我在工作崗位上若受到委曲或是爲了在同事面前扮演好好先生而忙得沒有自己的休閒和戀愛，這些我不曾向身邊人抱怨的事，都一股腦說給姑婆聽，保證不會傳到朋友或同事的耳中破壞我苦心經營的形象，久而久之，我也就不再那麼在意姑婆晚年的生命裡，只剩下回憶而沒有自己。

有一次，幾個同事見我下班後還留在公司自願加班，便硬是拖著我坐上大夥兒的車去新竹聽演唱會，那是一個叫「阿淘」的歌手，堅持要在星空下唱他自己創作的客家歌曲，而且他的演唱形式像兒時野台戲的氣氛，居民們飯後聚在廟口或大樹下，迎著晚風席地而坐聽他唱出純樸鄉村生活的過往和變遷。

那個晚上，讓我印象最深的一首歌叫做「從前的妳」，在唱歌之前阿淘解釋創作這首歌的動機說：「我們總是在成長裡遺落了太多東西，不經意的，遺落了家鄉的那一場雨，遺落了戲棚下的願望，遺落了花香，遺落了泥土裡的赤腳，有時候，不小心還遺落了自己。」

回家後，這首歌一直迴蕩在我腦海中久久不能散去。

爲了讓姑婆產生共鳴，爲了讓她也能再次地活出自己，乘著週休的空檔，我興奮地捧著阿淘的CD，再一次去探望姑婆。

姑婆靜靜地聽我解說歌詞中的含意，然後仔細地聆聽音響中傳出的歌聲：

還記得 從前的妳
長長的辮子 最愛去看野台戲
從前的妳
愛爬圍牆愛摘束野花送給人
還記得　　從前的妳 喜歡在庭院看落雨
從前的妳　　愛打赤腳走在泥土地

還記得　那個愛笑的妳　那個坐在牆頭唱歌的妳
還有那個想遠走高飛的妳
美美的妳　千萬不要忘了從前的妳

這是第一次，我來姑婆家沒有把視線放在鐘面上。

隨著歌曲的旋律，我看到坐在搖椅中的姑婆，嘴角牽動起一絲笑容，彷彿是她在十七歲初次遇見情人的笑容。

朦朧的視線中，姑婆的皺紋不見了，髮夾下的白髮也變成青絲，而且長成兩串油亮的辮子，穿著一身看來是特別爲了心上人打扮的素色花布洋裝，靜靜地依在南下夜車的車窗前，車窗外的夜景，就像她曾擁有的歡樂時光，一幕幕地逝去，可是姑婆的神情中卻洋溢著滿足，我不解地看著姑婆年輕而單純的外貌，長期以來，我一直以爲姑婆失去的一定遠遠地超過她得到的，可是在她的表情裡我始終看不到一絲的失落……。

「這個送給你」姑婆把我從夢中拍醒，並且小心翼翼地遞給我她一直掛在窗前的風鈴，我知道那是姑婆一件很重要的東西，是她精神的支柱，我作勢要拒絕，她卻說：「西山先生早就已經活在我心裡，我從來就沒有失去過他，我看你比我更需要風鈴，我知道你的好心，可是你應該多花點時間在自己身上，不要老是浪費時間陪我老太婆啦！看下次能不能帶你女朋友來鄉下玩。」

我小心翼翼地收起那串風鈴，那是當年西山先生要被調回日本，在基隆港碼頭前送給姑婆的一串他親手做的風鈴，多年來一直掛在姑婆家的窗前，風鈴的繩索不知已修了多少次，可聲音至今依然清脆悅耳。

現在我似乎有點明白，姑婆從年輕到老，從來就不曾忘記她眞正的自己。反而是我，在人世的浮沈裡，在名利的追逐中，從前那個熱情洋溢、憧憬眞情的我，現在去了哪裡？

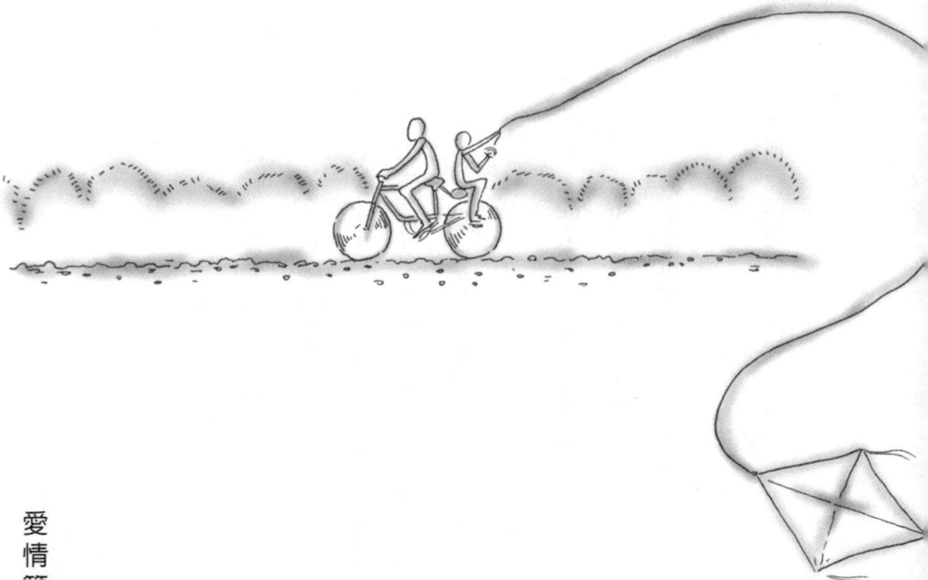

5 負責（俗人情事）

我在親朋好友的眼中，一向是個玩世不恭、不負責任的人。關於這一點，打從我確定了以自由爲主體的價值觀後，就開始不很在意這些評價對我的情感生活有多少影響，即使每次當我身邊有一個女性出現，在還沒確定是女友之前，我的嫂嫂或一些好友都會好心地勸誡那些女子們說：「他啊！其他還好，就是太花心，不負責任，妳自己要考慮清楚啊！」

不管他們怎麼說，我始終認爲，如果因爲怕個性不合而不願選擇婚姻的人叫做不負責，那麼那些結了婚以後，才整天打著個性不合的理由吵著要離婚的人們，難道當初選擇一個與自己個性不合的人結婚，就是爲了負責？

前一陣子，我旅遊到四川與西藏的邊界，途經一個小鎮，那是個以喇嘛廟爲中心的藏民集散點，人們篤信藏傳佛教，一切生活幾乎皆以宗教爲中心，我被當地人民的純樸和笑容吸引，決定住了下來，一住就是一個多月。

我大部份的時間，都在街上閒逛，有一天走進一間以賣密宗文物飾品爲主的小店時，一位梳著長辮子的姑娘對著我甜甜地笑著，然後說：「先生你好，買天珠嗎？」看著她那雙烏黑又透出靈氣的雙眼，配上清晰俊秀的五官，好半天，我也只會對著她笑，心想：「難怪許多愛旅遊的朋友會說，邊疆民族都是些長得像外國人的中國人。」

那天，我在店裏胡亂買了一些自己也搞不

清是什麼的物品，回到旅舍後，興奮地盤算著明天如何再去搭訕。

「妳們這兒的蠟燭和台灣的不太一樣，顏色和形狀都不同，我看過世界各地的蠟燭，多多少少都有些不一樣，可是不管再美、再神聖的蠟燭，如果不被點亮，就會像生命中缺少了愛情，顯得貧乏無趣，所以我覺得，蠟燭可以不需要色彩，但一定要被點亮。」我約她帶我去參觀當地的廟宇，當我們看著廟裏正在燃燒的蠟燭時，我狡滑地用了些文學式的造句，想藉著對蠟燭的聯想，來襯托出我的見識廣博和水平的與眾不同，然後又設想了一大串兩個人可能發展的對話，準備按往常既有的「步驟」，釣上這位漂亮美眉。

美眉露出她特有的甜甜笑容，以一種既認眞又溫柔的表情凝視著我說：「你說的愛情好複雜，如果蠟燭該點燃，就點燃啊！

如果你喜歡我，就告訴我啊！我比較簡單，轉太多彎，我就感覺不到你心裡眞正想的是什麼？」我聽完頓時滿臉通紅，反而不知該說些什麼，只覺得自己一肚子的壞水，竟被她純淨寬廣的湖泊消融殆盡。

和她在一起，我感覺自己像個孩子。在與她相處的日子裏，除了問過她的名字叫做「卓瑪」外，我不再用和大人交往的那一套和她相處，我不需要知道她的家世背景，她也從不像許多女孩，要打聽清楚你的來歷和背景才決定用什麼態度與你交往，然後把一些世俗表達情感的方式，當成衡量愛情深淺的標準，我們一直憑著最單純的感覺做朋友，直到有一天，我情不自禁地吻了她。

「我帶你去見我爸爸。」她興奮地對我說。

這句話突然令我警覺起來。

我下意識地認爲她想要我對她的感情負責，於是我們的話題開始了我習慣性的防禦，我對她說：「我一向熱愛自由，從來不會爲了任何一段感情捨棄我的自由，人生還有太多值得去看去學習的東西，在心還沒有定下來之前，我不想讓自己定下來，否則有一天，我會覺得對不起自己也對不起另一個人。」

當我又開始不知所云地講了一大堆迂迴的話後，她皺起了眉頭，想了好一會兒，不久又展開她的笑容，更甜、更開懷地對我說：「你是說，你從來沒有眞正去愛過一個人？唉！眞辛苦。希望有一天，有個人能讓你安心地去愛她，你是個好人。」

「不，從愛情上來說，我是個壞人，你不要對我有任何的期待。」

她起身，牽住我的手，慢慢地朝一座較偏遠卻很有特色的喇嘛廟走去，不怎麼理會我對「負責」這件事的抗拒，還一面像我們在小學時和死黨說話的方式一樣，邊跳邊對我說：「你不用和我爸打招呼，到了廟裏我指給你看就好，我爸是我最愛的人，我只是想和你分享這種最愛的感覺。」她說到她爸爸時，有點像小女孩在向最好的朋友展示她心愛的洋娃娃似的，對小女孩來說，再好的朋友也不能取代自己的洋娃娃。

我帶著疑惑半開玩笑地問她：「在喇嘛廟裡？妳爸爸年紀那麼大了還出家！這是妳們藏族的習俗嗎？」她搖搖頭說：「不，我爸爸他從小就被送去當喇嘛。」

「真的！那妳，是親生的？」

她捂者嘴嘲笑我一臉錯愕的表情，指了指路邊的樹下示意我坐下來，然後慢慢向我解說。

她說：「我爸爸一直以來外型長得好，人又聰明，語言也學得快，是廟裏非常器重的接班人材，剛改革開放的頭幾年，常有些外地學者和外國人來廟裏考察參觀，那時大家都不太會說藏語之外的語言，爸爸就被分派任務，專門和外賓溝通和講解佛教經義。」

「難怪妳的品種那麼好，原來是遺傳了妳爸爸那麼優秀的基因。」我說。

「我媽媽也很優秀啊！她是日本人。當年她是到中國來學習的留學生，暑假旅遊的時候。到廟裏來玩，她很喜歡佛教經典，而且很痴情，於是每天都要到廟裏來聽爸爸為她講經，一聽就是半年，課也不上，書也不讀了，直到她懷了我。」

「媽媽要求爸爸還俗，和她一起回日本生活，可是在日本的外公外婆對這件事極度反感，甚至不惜要以和媽媽絕裂做要脅，後來，爸爸終於決定還俗，好撫養我和媽媽，但是他並沒有離開這個地方，他一直留在廟裏幫忙打雜，去學校教課或在假日賣些宗教用品給遊客維生。」

這麼一段坎坷又切身的戀情，從卓瑪的嘴裏說出來，似乎是一件再自然不過的事，倒是我的眉頭已隨著故事發展愈綳愈緊。

卓瑪見我表情有些凝重，拍拍我的肩膀說：「別把事情想那麼嚴重，我爸常說：『人不一定能在愛裏得到什麼，但是既然選擇去愛，就必須爲它付出點什麼。』那是我父母的選擇，我覺得他們是幸福的。」

「那後來呢？」我急著問後來的發展。

「後來，我媽媽雖然深愛著爸爸，可是她一直不能適應這裏的生活，加上當時許多政治和簽証的問題，媽媽在我兩歲半的時候，選擇離開我們回去日本，一直到今天都沒有回來過。」說到這兒，卓瑪的笑容裏。終於出現了些許無奈。

我忿忿地說：「妳媽媽眞不負責任！」

她急忙回說：「不，我爸一直教導我說：『所有的生命只能對自己負責，世間一切都在因果之中，你想要愛別人，就要有不被愛的勇氣。』他還說：『不止是愛情，即使是出家也一樣，如果你還感覺到痛苦，那是因爲你愛得還不夠深，如果我夠好，妳媽就不會想走，如果我修行夠專注，就不會害妳媽墜入情網。』」

「媽媽那麼愛爸爸，她做了這樣的選擇，一定有她的苦衷，所以我從來沒怪過我媽媽，因爲我知道也許有一天，我也會經歷愛情，也要學會爲自己的選擇心甘情願地付出。」

不久，我們走進了喇嘛廟裏，我順著卓瑪舉起的手指望去，瞧見一個正在整理燈油的中年人，他也抬頭看見了我們，並朝著我們咧開嘴笑著，從他的笑容看來，即使不看其他方面，也可以感覺得到，他們是一對感情很深的父女。

卓瑪向他招招手並對我說：「哪，我爸爸。」我也靦腆地向他點點頭，然後我們又順著廟的另一扇門逛了出去。

假期結束，卓瑪來我的旅舍幫我收拾行李，我望著她無邪的眼睛，有點心虛地對她說：「等我回去想清楚，一旦決定，到時我會帶妳回台灣，現在辦手續不像以前那麼難了。」

她聽了搖搖頭，還是笑得那麼甜地對我說：「不，我愛我的爸爸，他爲了愛我付出了一輩子和他所有的前途，我當然也要留在這裡陪著他，這一點我不需要經過思考，須要想清楚的事，不是愛。」

她見我低著頭久久不語，便輕輕握住我的手安慰我說：「你放心吧！我和爸爸從來沒有因爲失去了什麼而變得不快樂。」

第二天她來送我。

在客車開動的那一刻，我看見車窗外的卓瑪仍然對我微笑著，只是這次，她的眼中充滿著淚水。

6 願意(故人真事)

找到1203號房。

我陪著母親悄悄地走進去探望正虛弱地躺在病床上的盧媽媽，站在一旁的盧伯伯接過我手中的水果禮盒，招呼我們坐在病床邊。

「好點了嗎？」母親問。盧媽媽伸手牽住朱伯伯，撐著微弱地聲音對我們說：「人老了，經不起病磨，一點小病都可以把人折騰死，還好，不礙事，聽老盧說，醫生決定再觀察兩個星期就可以出院了，要是體力恢復得好說不定還可以再跟大家去爬山呢！只可惜我的頭髮都快掉光了，再去爬山一定會被大家笑。」

母親參加的老人登山隊，每週都固定要在市郊附近的山頭踏青，盧媽媽已經有整整一年沒去爬山，可是這一年來，大家都不知道盧媽媽的實際情況，好朋友打電話去詢問，盧伯伯也只是一副欲言又止的樣子，然後告訴那些關心的老媽媽們，盧媽媽是出國養病，等過些日子回國後再親自歸隊向大家問好。於是，登山隊的老媽媽們開始妳一句，我一句地猜測起來，有人猜，盧媽媽是不是病重了？可是，若眞的是生病，盧伯伯也該明說，大家朋友一場，理應去探望盧媽媽才對。還是，她們夫妻倆鬧翻了？盧媽媽一氣之下就搬去和國外的孩子住。

不過，不論是什麼理由，大家都心知肚明，盧伯伯的欲言又止，八成和打翻盧媽媽的醋罈子有關，大家笑說：「盧伯伯是現代司馬

光，和古代那位司馬光一樣打破了大缸子，差別是古代司馬光是打破缸救人，現代司馬光卻是打破缸，然後自己被醋淹死！」

在送母親去探望盧媽媽的路上，她向我解釋說：「你平常工作很累我知道，我也很少佔用你的時間，可是這次去看盧媽媽不一樣，非你送我不可，說來好笑，只是因爲盧媽媽是我們登山隊裏出了名的醋罈子，她的醋勁就像納莉颱風，威力驚人，平常時候是個熱心的好人，喜歡和我們到處去做義工，可是一吃起醋來保証六親不認！」

母親把要送去醫院的水果盒理了一下又說：「只要和盧伯伯在一起的時候，盧媽媽就自動變成十六歲，做什麼都要牽著盧伯伯的手，黏著他不放，嬌滴滴的模樣好肉麻！」

我問母親：「如果老爸也喜歡妳撒嬌，妳會不會像盧媽媽一樣肉麻？」母親瞪了我一眼說：「都幾歲的人了，哪還來這一套！」停頓了一會兒她又補充說：「不過，就算我想，你老爸也沒這種情調，我嫁給他四十年，連溫柔的話都沒講過幾句，更何況要他牽我的手，尤其是生了你們幾個之後，我們幾乎就不再有情趣可言。」

「喔~其實妳也很羨慕盧媽媽對不對？」我乘機開老媽的玩笑。

母親接著又說：「問題是她太過頭了，不管是誰，只要哪個女生和盧伯伯多說一句或開個玩笑，盧媽媽就會翻臉，平常大夥去爬山或出國旅遊時，他們就像一對小戀人，總是兩個人走自己的，都快八十歲的人了，還會學小孩子要去看星星，或去照那種年輕人流行的大頭貼，唯有盧伯伯不在場的時候，盧媽媽才會長大和正常，所以這次去醫院探病我只好拖你一起來，免得盧媽媽吃醋。」

說實話，聽完母親的描述，我也挺羨慕盧伯伯這段歷久彌新的戀情，可是我很難想像他們是靠什麼力量來維持這幾十年的愛情鮮度。

「唉！可惜昨天盧伯伯來電話，說盧媽媽已是癌症末期，他通知每個朋友說，盧媽媽的日子不多了，希望我們抽空來看看她最後一面。」老媽一面搖頭一面說。

我問她：「爲什麼這個時候才告訴大家眞相？」母親說：「盧伯伯認爲，他不要讓盧媽媽的心情被病情影響，所以從盧媽媽確定是癌症以來，他從來不告訴任何人盧媽媽眞實的病情，包括盧媽媽自己，他希望陪著盧媽媽安靜地走完最後一程，直到醫生說盧媽媽剩下的日子不多，盧伯伯才用電話通知朋友們來見盧媽媽最後一面。」聽完母親的敘述來到病房後，我變得肅穆許多。

盧媽媽邁力地講完想去爬山的話後，又累得闔上了眼睛。聽到她虛弱卻仍然充滿著希望的樂觀語氣，讓前來探病的人都忍不住紅了眼眶。

盧伯伯送我們出病房，在走廊上，我安慰他說：「盧伯伯您自己要多保重，盧媽媽眞幸運，有您這樣的老伴，您們的感情這麼好，眞是讓我們年青人羨慕。」

盧伯伯微笑著對我說：「小伙子，你結婚的時候一定要記得，當你說『我願意』的那一刻，不只是代表你願意與她分享你的一切，而是在婚姻的路上，永遠要有說：『我願意』的決心！」

他拍了拍我的肩膀：「年輕時，我在後面拼命地追你盧媽媽，老了以後，她走得慢了，我願意等她。年輕時，盧媽媽總是陪著我一起淋雨，現在，我願意成爲她的雨傘。她沮喪時，我願意當她的受氣包。她感冒了，她的細菌就是我們共同的敵人。其實她自己也知道，沒有多少人受得了她的任性，可是我不介意，因爲，我願意。」

在道別前，我問盧伯伯，他始終瞞著盧媽媽的病情，萬一被她知道了怎麼辦？盧伯伯微笑著說：「以我們的默契，我覺得她早就知道了，只是她不忍讓我再爲這件事傷心，即使是走到生命的最後一刻，她也總是願意接受我爲她做的所有安排。」

站在醫院大廳的門口，盧伯伯與我們話別，在他堅定的眼神裡，我幾乎看見了所有美好的情愫。那是一種眞心的願意和一世承諾。

7 單純（眞人眞事）

「我媽的腦袋就像從沒被開發過似的」馨文這麼形容她的母親。「她一大早就去剝毛豆，剝一整天賺不到一百元，在那裡和別的歐巴桑東家長西家短的，辛苦打工的錢都拿去簽大家樂，怎麼勸都不聽，我眞受不了她。」

馨文的媽媽是個單純的女人，一輩子跟著老公在市場裡賣雞，直到幾年前老伴去世，她做不動了，兒女們便每個月固定給她些錢希望她好好休息，鼓勵她去上學，並要她多參加旅遊活動。

兒女的心意她懂，可是不識字的她，走到

哪裡都覺得自己不如人，尤其是碰到一些自以為是見多識廣又愛現的太太們，她只有在旁傻笑的份兒。

經過一年多的調整適應，馨文媽媽仍然喜歡回到自己熟悉的環境，因爲兒女都各忙各的，每個人都只是出錢出意見，所有的事仍要她一個人去嚐試，她也不想給孩子們添麻煩，寧願待在自己原有的小天地，藉著和朋友聊天來了解外面的世界，偶而打打紙牌，簽個無傷大雅的大家樂，她說：「我最怕休息，每天去剝豆仔就不會想殺雞，不想殺雞就不會想起馨文的爸爸……」馨文媽媽的眼眶這時一陣泛紅。

過了一會兒，她又抬起頭來問我：「你是幾年次的？」「我……？」我有些難爲情，怕她誤會我想對她女兒怎樣，她見我猶豫了一下，趕緊接著說：「沒啦！我是要問你幾年次的，看簽下去有沒有準，要不，你跟我講你的車牌號碼也可以。」

8 學會去愛（真人故事）

也許你會說小說中的愛情故事都是騙人的，可是我告訴你，丁伯伯的愛情故事絕對是千眞萬確，因爲小時候他就住在我家隔壁。

丁媽媽是我們整個村子裏最有氣質的長輩，也是左鄰右舍的家庭主婦們羨慕的對象。她除了才藝和悠閒令其他媽媽們稱羨外，在那個時代，只有丁伯伯才願意省下家中購買家電用品的錢，只爲了給丁媽媽買一台像樣的鋼琴，更何況丁伯伯和我們村中的爸爸們一樣，都是靠領乾薪過活的窮軍官。

我老媽常酸溜溜地說：「眞是命哪！門牌只差一號，命運卻差那麼多，我要是有一個像老丁那樣體貼的丈夫，憑我的條件，說不定早就被星探發現了。」我爸則毫不留餘地笑我媽：「如果妳覺得讓企鵝穿上漂亮衣服就可以選上中國小姐，下個月起我的薪水就全

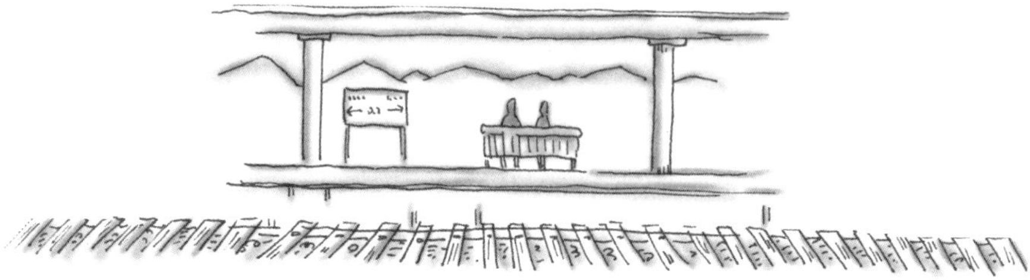

部都給妳拿去買衣服。」

要是有人搞不清楚溫莎公爵的故事，我們都會告訴他：「就像丁伯伯那樣嘛！」因爲據說本來丁伯伯可以升將官，但是他拒絕被調往外島長年不歸，所以只好扛著「梅花」直到退伍。

有一次，我和丁伯伯聊天的時候，他說：「老天眞好，要是我先走了，你丁媽媽一個人眞不知該怎麼辦呢？」

算算日子，丁媽媽逝世到現在都已十二、三年了，十幾年來，丁伯伯每天早上都要散步到我們小鎮的火車站去，買張月台票，然後坐在月台的座位上眺望遠方，他說：「那是我和丁媽媽第一次的約會，準備去台北，結果票買了，我們卻坐在月台亭內聊了一整個下午，哪裡都沒去，現在她就葬在月台對面的山頭上，從月台上可以看著她安靜地躺在山頭，看著她，我哪裡都不想去了。」

以前，我總是堅持所謂的愛，一定要找到心目中理想的伴侶才會幸福，才能廝守終身，現在我真的相信，幸福就是，先學會去愛。

9 阿嬷追星族（真人真事）

馬阿姨年輕時在北京城是個大戶人家的美女，不知有多少公子哥來追求。但凡選擇的機會多了就難做決定，再則馬家篤信回教，當時回教的家庭不但講究門戶，更要求相親者必須也是回教徒。

馬阿姨的先生是個帥氣的飛行軍官，從小在孤兒院長大，在與馬阿姨相遇之前是個四海爲家的浪子，除了打仗和嬉戲外，他什麼都不在乎，瀟灑和浪漫是他的看家本領。他的情書，據馬阿姨形容是「滿紙情愛卻無一處肉麻」，她隨口唸了一段：「他常說，希望自己是個魔術師要把我變得小小的，放進口袋，帶著我飛遍星夜和晨曦，他要我分享他所有的驚喜和快樂。」

爲了馬阿姨，當年的小伙子收起放浪的形骸，婉拒其他女人的示好，甚至信了回教，決定從此不吃豬肉。當年臨去印度遠征前，他對馬阿姨說：「我從小是孤兒，在這世上妳是我唯一的親人，妳一定要等我回來，一定，不然在這動盪的時代，我想不出其他能支持我活下去的理由。」

因爲堅持，馬家終於同意女兒與兩年多後戰場凱旋歸來的男友完婚。

時隔一年，馬阿姨有天挺著大肚子去舞廳找先生回家，「當初你不是說我是你唯一的親人，沒有我就活不下去？」馬阿姨當時哭紅了眼，質問老公。「他竟然用手一劃，然後說：

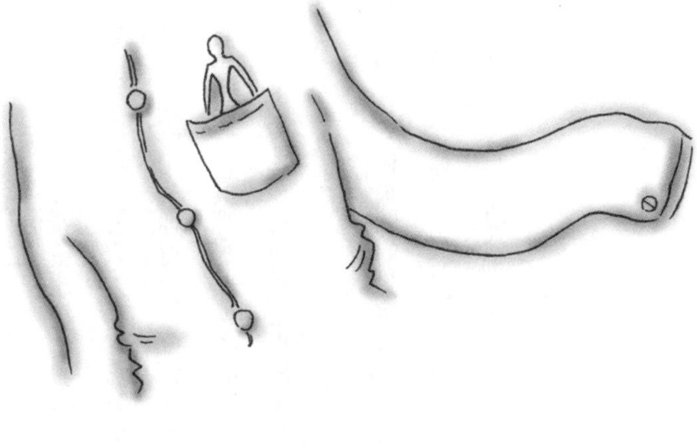

哪！眼前這麼多美女現在都是我的親人。我就問他既然如此，何必還要娶我？他說：因爲回教可以娶四個老婆啊！」

馬阿姨的先生九五年去世。入喪前，兒女希望能按父親的意思，將他生前心愛的東西連同遺體火化成灰，灑入大海。馬阿姨卻出奇地堅持，要用回教禮俗下葬，她說：「你爸一天可蘭經都沒有誦過，豬肉吃得比誰都多，該是去阿拉眞神那兒反省的時候了。」在沒有棺木和任何陪葬的情況下，他被用白布包裹後葬在國軍公墓。

後來，馬阿姨成了「追星族」。因爲有個很帥的男演員演了部電影，敘述民初時飛行軍官的愛情故事，從此，只要那位演員的歌友會或電視錄影，每場必到的馬阿姨總是靜靜地坐在一旁，從不缺席。

10 『情趣』（凡人鳥事）

「我老公年輕的時候，每天都是翹著在等我，現在啊！都是我在等著他翹。他怪我沒情趣，說男人發情時會像一頭鬥牛場上的公牛，女人就是鬥牛士，而鬥牛士手上拿的那塊紅布就是所謂的情趣，一個好的鬥牛士能夠用紅布把公牛逗得團團轉，像發了瘋似的。可是當我問他，明明是同一塊紅布，爲什麼以前有情趣，現在就沒有了？他竟然說我那塊布上面的紅色早就已經退光了，哪還有情趣可言？你們瞧瞧，這些臭男人，自己都已經是牛肉乾了，還大言不慚地嫌人家沒情趣。」

那天，我和幾個好朋友聚在一起喝下午茶，阿珠一點也不避諱地談起她和老公退休後的性生活。

我一直是個家庭主婦，沒有什麼雄心壯志，最大的心願不過是和我老公一起看著我們的孩子，在安定中長大，只要家人快樂的事我就會感到快樂。我始終相信「平淡是福」這個道理，可是自從聽了阿珠的話後，我開始變得有些擔心，因爲孩子們長大了都有各自的家，我和退休的老公整天大眼瞪著小眼，沒有多餘的對話，也不會有太多令人振奮的想法，就更甭提「情趣」這檔子事兒！

以前我總是趁著孩子外出的控檔，在爲老公準備些他愛吃的東西後，依偎在他身旁，邊撒嬌邊按摩地挑逗著他，要是當天他心情好，我們家這頭「牛」，簡直就能媲美西班牙的種牛，可是萬一激不起他的興緻，牛先生就會雙眼無神地盯著電視畫面冷冷地說：「孩子快回來了，萬一被撞見多難看那！」或著是一句「我累了一天，妳怎麼都不體諒我一下」就輕易地取消了一場我精心策劃的「鬥牛聖會」。

現在可好。孩子們都有自己的家，老公也退休了，我們這頭牛老大；居然更是變本加利地不顧「鬥牛場」上的職業道德，只要我一提出要求，十次總有八次他都臨陣退縮，甚至連拒絕的理由都不肯花點心思，還是依然搬出「孩子快回來或我累了一天」的那套一模一樣的說詞，你說氣不氣人？！

我想了許久，覺得阿珠他老公說的也對，也許我和我家的牛老大之間，眞的是該多培養些情趣了。

我第一個想到的是「情趣商品」。

一段時間後，我成了情趣店的老主顧，什麼新潮、舊式的花樣我幾乎玩遍了，別人一定沒法想像一個平淡是福的家庭主婦，爲了「鬥牛」，可以頹廢到這般地步！可我老公卻像個富裕家庭的孩子，對每一種「玩具」都只保持了三分鐘的熱度。

有一次，他竟然對著我身上那套爲了他特別買回來的歐洲名牌性感內衣說：「都是些繩子，綁在身上也分不出哪些是布紋、哪些是皺紋？人家端午節的粽子都還會先包上粽葉再綁繩子嘛！妳就不能多加兩塊布？小心要是感冒又得花錢買藥吃。」

然後，我學插花、練書畫、參加讀書會……，想藉著充實眞正的內在美來提高我倆的情趣，可鬧了半天，我們這位老先生卻只對賞鳥有興趣，問題是，他從來不去郊外賞鳥，買了一付精緻的望眼鏡，成天徘迴在陽台上，天知道，他看到的是什麼鳥兒？

皇天不負苦心人，最後終於讓我找到了我們共同的情趣。那是我老公在我半推半哄的情形下，參加了社區活動中心辦的社交舞活動，而且後來他比我還著迷，尤其是那種配對的標準舞，每天只要時間一到，他就會梳理頭髮、穿戴整齊地去赴會。

說起「標準舞」，還眞有不少學問。它和一般流行舞蹈最大的不同就在於它那種特有的「優雅」。比如在行進間，舞者難免也會有流行舞那種奮不顧身的情況出現，但不同的是，即便是再激烈的舞姿和動作，標準舞的舞者也會記住，不能弄壞了髮型和襯衫上畢挺的熨痕，尤其是女士們額前的頭髮，要梳得高高的，翹翹的，這樣才能和臀部的曲線結爲一體，從外型上看去，就像是一個側倒後，以單腳站立的麥當勞標誌，就像這個樣：3

以我對社區舞著的觀察看來，跳舞的人不只是要有「欲黏不貼」的默契，還要隨時保持臀部和四肢的大幅扭動，有點像早期客家族群的「採茶舞」，其中難度最高的要算是「探戈」。探戈要跳得好的人，不但節奏要好，步伐要輕，脖子尤其要靈活，絕對不能在左右大幅搖擺時有一絲猶豫或怠慢。

說實話，我老公的探戈眞的不是蓋的，他跳起舞來比起「鬥牛」要精神多了，除了沒有一對長耳朵外，一旦上了舞池，他簡直像是

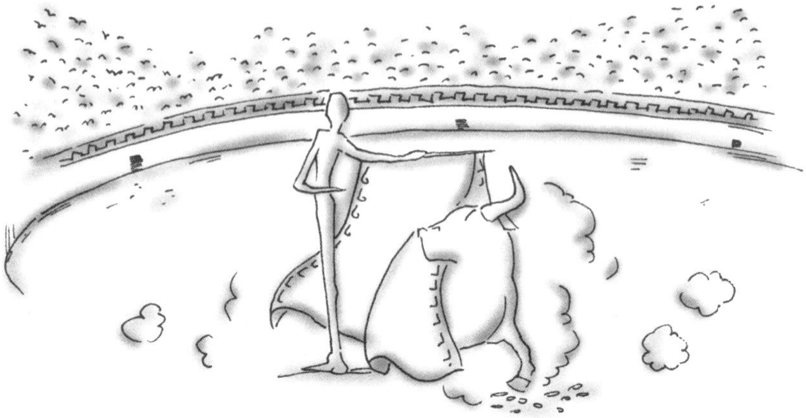

廣告上那隻裝了名牌電池的玩具兔子，只要音樂響起，他就能精力充沛地滿場飛揚，而且自始至終總能保持同一款笑容，有時不禁令人懷疑，他的顏面神經是不是也用同一個牌子的電池？唯一美中不足的是，即便是到了忘我的境界，牛老大的兩個眼珠子仍然不會將視線落在我的身上！

有一次，我們倆在場邊休息時，場子裏不知從哪兒跑來了一對瀟灑的不速之狗，居然在音樂聲和曼妙的舞著中間黏在一起「鬥牛」。我乘機用肘子頂了一下坐在身旁的老公，對他悄聲地說：「妳看人家，狗哥哥一定是在對狗妹妹說，這場子不錯耶！趁著孩子們都不在，咱們放心地做吧！你看你，還不如人家狗哥哥有情趣。」

老公看了我一眼，用手帕擦去額上的汗水，然後說：「人家狗哥哥，每次都和不一樣的妹妹做，那才叫情趣！」

直到今天我才覺悟，所謂的「情趣」原來也有性別之分，對女人來說，情趣不過是「和心愛的人廝守一生」，可是男人最大的情趣卻是「一生都有新的愛人可以廝守。」

11 楊老挺，越老越帶勁兒

在妻子死去之後，楊老挺突然變「正常」了。

妻子在世之前，他們不是吵架就是形同陌生人，有時候，楊老挺望著屋子裡的一堆孩子，也不感覺自己被親情包圍，反而困惑，這些人是怎麼跑出來的。

他沒打算要那麼多人出現在他生命裡，只不過，那時候又不時興避孕、節育，不知不覺，一個又一個的孩子呱呱落地，他本名姓楊，單名一個「挺」字，因爲前前後後生了七個孩子，被鄰居揶揄成「老是挺著」，老挺，老挺，年輕時只覺刺耳，習慣後也沒什麼好在意的。

「老挺，你又添丁啦！」「老挺，這是第幾個啦？」

剛生第二個第三個的時候，他怕妻子累，兩個人也常爲了孩子的問題爭執不休，到了第四個的時候，兩個人已經各忙各的，他負責賺錢餬口，妻子除了帶小孩還在家裡做手工，兩個人唯一的交集就是上床睡覺。說實在的，到了後面的那幾個孩子，除了親手把他們從醫院接回來之外，他們是怎麼長大的，楊老挺都沒有印象，因爲他成天忙著掙錢，到現在有時看他們的背影還會叫錯。

孩子的成長過程他沒機會參與，長大之後他們和他也不親，有時候他心裡想：他們不過當我是他們慈母的丈夫，定期回來看看我盡義務就是了，有時候他看著妻子的遺像，也忍不住唸叨著說：早知道這樣，我先死，讓妳享受天倫之樂多好。

兩個人從年輕吵到老，妻子過世後，他夢

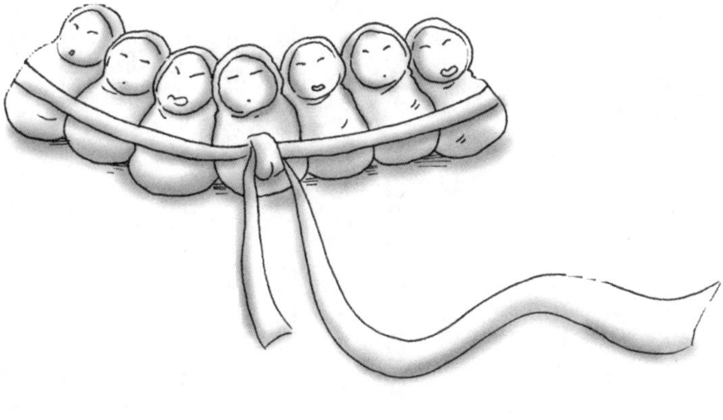

也沒夢見她一次，有人說感情好的夫妻會托夢什麼的，但是八成她不想讓他見著她。吵歸吵，罵歸罵，他把她生前的衣服、喜歡的遺物全部打理得好好的，特別收在一個房間，想說，亡妻或許會感激他，偶而在夢裡回來看看他，但眞的是一次也沒有。生前她沒感覺他對她好，死後當然也感覺不到。

孩子紛紛結婚獨立之後，楊老挺總算卸下了肩頭重擔，也對列祖列宗有了交代，但是交代了什麼，他也說不上來。拜妻子持家有道之賜，七個小孩個個大學畢業，全沒有變壞，可是他看他們，也不過和他年輕時一樣混吃等死，上班下班，每個人老大不小了都不想生小孩，生怕小孩生出來之後，失去了個人的自由，偶而有生那麼一個的，小孩也交給褓母帶，除了會花錢上館子、買東西之外，生活品質和他年輕時一樣爛。

還好我生了七個，如果我只生兩個，我楊家的煙火到了第三代豈不是就要斷絕了？他很想告誡自己的孩子：我是因爲生了七個，爲了你們我才沒有時間尋找自我，你們夯不啷噹只生一個，還忙得像行屍走肉一樣，多不像話？

但是楊老挺知道，孩子們聽不進去，他們還能定期回來看他，已經算是亡妻教育成功了。妻子死後，楊老挺就算想吵架也找不到人，他婚前那麼一點不足掛齒的風光，只能在她面前炫耀，他年輕時的那一點帥勁兒，除了她以外，現在講給誰聽誰也不相信。房子突然空出來了，沒有其他人，也沒有聲音。

以前妻子總怪他不肯分擔家事，自從他一個人之後，時間突然變得好多好多，他把全家裡裡外外打理得一塵不染，比妻子生前厭倦家事時打理得還要乾淨，陽台上種上了花，連石頭也編上了號，家裡盡是他上call-in節目，廣播電台寄來的心靈成長類贈書。

大家都說這個楊老挺，越老越帶勁兒，妻子過世之後，他反而變正常了。

親情篇

1 我的母親（鮮人鮮事）

小學時，每次讀到「蔣公的故事」，我總是想像自己能有個像王太夫人這樣的偉大母親，端坐在廳堂上，指導我無須經過背誦九九乘法表就能做個戰功彪炳的偉人。

但，我的母親也總是活生生地打破我的想像。她永遠只記得蔣公勤奮苦讀、灑掃進退那部份，卻對王太夫人循循善誘、諄諄慈愛的段落，予以「戰略性」的忽視，我一直深信，這正是我至今仍當不成偉人重要因素。

我的母親是雙魚座，想像力出奇地好。

她常在憶舊時，感嘆自己以前運動員的身材，當初不知有多少大學生拼了命地追她，她卻甘願下嫁給父親，做個小軍官的賢內助，爲了帶大六個孩子，才不惜讓身材走了樣。

然而我們實在無法從她年輕時的照片或印象中看出她任何纖瘦的證據，她的解釋是，那個年代的母親和餿水桶同義，所有丈夫和小孩不愛吃的食物都會倒進母親的腸胃，這樣哪會有不胖的道理？

這是事實，只要她一搬出事實，就沒人敢從邏輯的必然性去做任何的質疑，除非你想翻臉！

我的母親感情也是豐富的驚人，即使是重播多次的電視劇，她的淚水也從來沒缺席過，特別是台語造詣極差的她，居然還能在歌仔戲的悲劇中，熱淚盈眶地隨著戲中的角色哼唱幾句。

從小，孩子們不怕打罵，就怕她老人家來段從電視上抄下來的即興口白：「我是沒讀過什麼書，替人家做工洗衣服才把你們撫養長大，你們現在翅膀硬了，讀得書多了，就不聽我的話啦！我活著還有什麼意思，不如出家算了。」

天曉得，中學畢業的她，在那個時代已算是高學歷了，更何況當時我們不過是小學生。

通常文章寫「我的母親」，結尾總是要來點灑狗血、賺熱淚的文字，可我的母親最善長的是搞笑，我實在想不出太多她的偉大事蹟。不過，也好在她的那些「不偉大」遺傳了下來，造就我現在搞笑的本領，要是比起「蔣公」，肯定我要比他快樂得多。

照這樣說來，我的母親，也算偉大罷！是那種「搞笑型」的偉大。

2 爺爺的話（真人真事）

邱紹峰是和我從小一起長大的好朋友，因爲他線條粗噪門大，我們都叫他「大牛」。

你也許不相信，大牛這輩子最大的心願只是生五個小孩，因爲他的爺爺和父親都生了五個孩子，而且到現在大夥都還住在附近，他常驕傲地說：「我爺爺說，做父母的除了愛，什麼都留不下來，所以我們也要一直把它傳下去。」

邱爺爺快一百歲了，嗓門仍大得驚人，要是他們家哪對夫妻在孩子面前吵架或是把　錢用在自己的享受上，你只要站在隔壁巷子，就可以聽到他老人家的訓斥聲。

在邱家，除了邱爺爺的大嗓門和孩子的歡笑聲，你幾乎聽不到其他的聲音，尤其到了假日，邱爺爺規定除了家庭聚會，父母們都

必需帶孩子出外遊玩，所以大牛便用多年的積蓄買了一台「載上多」貨車。一到假日，車上除了固定的日用品和茶具外，他會載著老婆和三個孩子外加一車水果，出發去各地旅遊，停到哪裏就賣到哪裏，因爲只需把油錢賺回來，所以他新鮮又廉價的水果銷路頗佳，萬一賣不完，他們不是就近送給哪家育幼院，就是載回來送給孩子們的同學吃，久而久之便養成了孩子們樂觀慷慨並頗得人緣的個性。

去年，大牛辭了工作專心賣水果，連孩子們上下學都是坐他的水果專車，他說：「我沒有什麼能留給孩子，但是他們長大後，一定會記得我爺爺說過的話，我們要讓愛一直傳下去！」

3 木魚（真人假事）

你曾經嚐試過換一個角色生活嗎？

如果沒有，那你肯定也不能體會當另一種「東西」的滋味。或者該這麼說，你可能一直以爲你是「你」，而不自知自己已經做了很久的「其他東西」。

我就當了三十多年的木魚而不自知。

一開始是阿水嬸把我從店裡買回來，那時我不知道自己是誰或有什麼用？只知道每當阿水嬸和老公吵架或被兒女頂嘴時，她就會跪在我面前死勁地敲我，那時我活力旺盛，她拼命地敲，我就大聲地唱，也正是從阿水嬸反覆的哭訴中，我慢慢對人世間的悲歡離苦愈懂愈多。

許多年過去，阿水嬸的問題始終離不開先生有外遇，兒女考試不理想或鄰里間的八卦，再不然就一定是錢不夠用的問題，就像她敲我的節奏一樣……一路敲來，始終如一。

只有在股票大漲和收末會錢那幾次，她敲「華爾滋」。

最特別的是兒子考上大學那次，她竟情不自禁地敲了個「倫巴」。

我不像她。我總是不停地尋求心靈成長，什麼「華嚴經」、「心經」、「金剛經」等高難度的學問，我不但仔細聆聽，而且不時面壁參禪悟出眞理，到後來不只是阿水嬸，幾乎每個人見到我都會向我跪拜祈求保佑。

我成了大人物！可憐的阿水嬸仍然只會敲木魚，從四十歲到七十歲都沒什麼長進。

最近，因爲阿水嬸一心向佛諸事不理，沒去參加女兒的婚禮，把阿水伯氣得大發雷霆，還把我重重地摔在地上出氣。

這下我終於清醒了，原來這些年來，大家拜的不是我，而是和我在同一個店裡買回來的木頭兄弟，他們叫他「菩薩」。當他們有事要向我兄弟懺悔、祈禱或告狀時，不過是藉著敲我，想要把我兄弟叫醒罷了。

現在我才曉得，我只是個木魚。

我想說：菩薩兄弟啊！既然你才是眞正的大人物，求求你保佑阿水嬸不要再愈活愈像個木魚，否則阿水伯又會拿我來出氣。還要保佑我們倆個不要被蟲蛀掉，否則我們連木魚和菩薩也當不成啦！

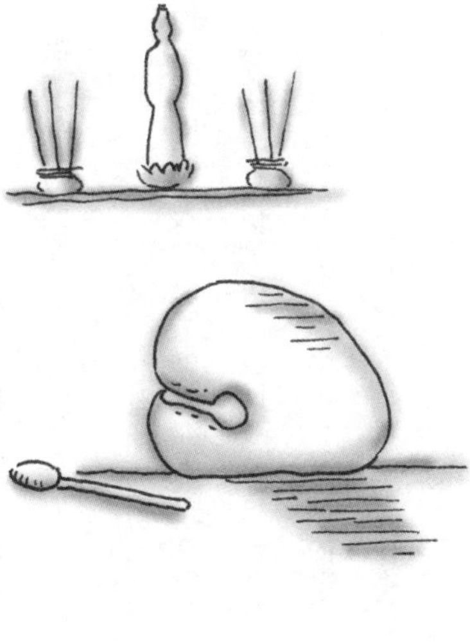

4 單身畜牲（真人真事）

家財萬貫、長相斯文、獨子。小劉是我們一票單身漢中最有身價的。每到假日，大夥兒喜歡窩在他舒適的家喝茶聊天。

早期，劉伯母都會來關心大家，結婚了沒？有沒有要好的對象？一旦聚會裡有年輕女性加入，她老人家一定會詳細詢問美眉的身家背景，端詳她的面目、腰身，等事後再認眞地分析給我們參考：「娶某啊！美醜不重要，一定要乖、會做事，更重要的是要能生，所以說那款腳憎太小的不行，不會生蛋的雞養了有什麼路用？」

接著，伯母的下一步是熱心地幫大家介紹對象，而且都是些附贈房子車子的豪門淑媛呢！當然，都是先要小劉沒看上才輪到我們，讓我們覺得自己是一群置身草原，待獅子吃剩後便蜂湧而上的禿鷹。

眼看小劉愈來愈熱愛單身，伯母愈來愈心急。她老人家開始轉換戰術，抓住機會就訓斥我們：「你們這些不結婚的都混在一起，害我兒子都不知道結婚的好處，再這樣下去，你們要怎麼面對親友？人家說三、四十歲還不結婚的人，一定是「帶病的」，我有個外甥臉上長「條子」長得滿滿一臉，多功夫啊！人家一去大陸就娶到一個回來，眞水呢！不到一年就生了，你們呢？結婚這件事是天地設好的，到了時間，人就會想找對象結婚，這是自然現象嘛！我老太婆一個，別人怎麼講我已經沒差了，可是你們還要活下去，人哪！不能永遠留

在黑暗中過日子，男子漢大丈夫要勇敢負責任，連貓狗都知道要有後代才符合自然嘛！」伯母的言下之意，似乎不結婚的人連畜牲都不如？

再下來的逼婚戰術更是花樣百出，一波比一波辛辣。你要是問小劉的感想？他會淡淡地笑說：「結婚？哇累頭婚！你看我媽的個性，結婚哪會有安寧日子，說實在的，我認爲與其做個只爲繁殖而活的人類，還不如當個自由的畜牲。」

5 轉念（鮮人鮮事）

上了年紀的人比較容易感傷，尤其是失去另一半的老人，要如何平撫失去老伴的傷痛眞的是一門很大的學問。根據最新的科學和醫學界的報導指出，人類是一種被情緒掌控的動物，不論在生理上或心理上都是如此，當外界的規範或吸引力不足以引導人的注意時，生命就很容易陷入一種深沈的執著之中，久而久之便會惡性循環，發展到最後很可能連基本的生存意識都會失去。

我個人認爲，在所有專家提出的辦法中，「轉移焦點」或「轉個念頭」應該是比較好的辦法。

我母親是個重感情的人，雖然她和父親不是那種標準的甜蜜夫妻，可是父親的病重逝世對母親來說仍然是個不小的打擊，原本開朗的她，每在獨處或一些特別的日子裡，就會思念起父親的種種，我們做兒女的都非常擔心她，不斷給她更充裕的物質，可是看來似乎起不了太大的作用，她的腦中始終牽掛著父親，這種自我束縛的情緒，讓她很難走出喪夫的陰影。

有一天機會來了，母親在餐桌前對我說：「今天是你爸的忌日，他過世前最喜歡吃新鮮的蝦子，早上我在菜市場見到一攤賣蝦子的，我就想，只要我撿起那些正拼命跳出池子的蝦子，保證一定最新鮮，你爸如果能收到我們供養他的心意一定很高興。」母親將一整碟新鮮紅潤的蝦子推到我面前，要我多吃一些。

接著她語帶哽咽地說：「自從你爸走了以後，家裡的日子漸漸充裕了，一定是你爸在天之靈保佑我們一家平平安安、順順利利，我猜他可能常回來探望我們，只是不知道他自己過得好不好？」說到這裡，母親的眼淚也止不住地滑落在她合十的指尖上。

我靈機一動，隨即採用轉念的方法勸她：「媽，爸爸如果還像妳說的，能回來看我們保佑我們，那不就表示他還在辛苦地『值班當差』，沒辦法往生極樂世界或投胎重新生活了嗎？這樣想太自私了，我們應該不要再難過，免得他牽掛著我們並且還要祝福他早日投胎。

循著這個方式開導許久，母親終於若有所悟地點點頭說：「也對，做人不能太自私，我們現在生活已經很好，應該祈求菩薩讓你爸早日投胎，不要再給他牽絆，逗留在人間。」母親的情緒平撫多了，在低頭頌完阿彌陀佛後，她終於露出微笑並夾起一隻蝦子送入嘴中。

我非常得意，我的質詢發揮的功效比我想

像中大許多，這下子我開始愼重考慮可以參選下屆立委，以我的功力一定能大展鴻圖！

後來我回頭看見那盤長得像「問號」的蝦子，我又忍不住問了一個問題：「可是，萬一爸爸在他的忌日投胎變成一隻蝦子，在看到妳的時候忍不住興奮地跳出池子要與妳相認，結果卻被我們拿回來紅燒，還……」

抬頭看到一臉錯愕並且正含著半隻蝦子的母親，我突然意識到，有時候「轉念」不見得是個好方法。

我個人認爲，專家提出的有效方法中都忘了一個重要的前提，就是：容易感傷的人如果要平撫情緒，最好不要生個多話的孩子！

6生仔（真人真事）

韓伯伯逢人就抱怨孩子不孝。

以下爲他的現場收音：

現代的孩子，和以前大不相同了。父母說東他們就往西，從小到大要什麼就給什麼，可是當你提出一丁點小小要求時，他們不是置之不理就是和你打爛仗，說一堆狗屁理由，說穿了不就是不孝，自私嘛！

我和老伴都六十歲的人了，我們別無所求，不過就是想早點抱孫子。在我台東老家養的那隻「來福」，每天只吃剩菜剩飯，到了時候隨便生都有七、八集狗仔，我兒子讀到大學畢業，吃得是上好的食物，現在竟然連隻狗都比不過，我懷疑可能是我媳婦的肚子有問題，不然一定是她家的血統太差或是祖墳的風水有問題！早知道當初說什麼我也要堅持兒子娶老家巷口的秀桃，就算不生雙胞胎，我現在少說也是五、六個小孩的爺爺啦！

今年初，我決定從台東鄉下搬來和兒子同住，如果還不行我叫老伴把房子賣了也上台北來，免得他們老是用太忙沒時間帶孩子當理由。我告訴他們，算命的說我這兩年運勢極差，可能活不過七十，希望他們在我走之前讓我抱抱孫子，我就算死了也瞑目，到地下對得起祖宗啦！

有時候經過錄影帶出租店，我會挑一兩支色情片，偷偷放到他們房間好讓他們「觸景生情」。甚至偶而半夜裡，我會拖兒子起床陪我喝兩杯小酒，希望他能酒後亂性。說眞的！像我這麼處處爲兒女設想的父親也是天下少有。

今年底，我媳婦突然鬧著要離婚，我眞不知道她還有什麼好挑剔的？嫁來我家這些年，我們房子、車子、銀子、面子，哪樣少了她？她連個蛋都生不下來，還好意思鬧情緒！偏偏我兒子居然還哄著她，又派我的不是，現在的孩子，眞的和以前大不相同了。

早知道，當初說什麼我也要兒子娶巷口的秀桃啦！

7 奶奶不上幼稚園&粉紅夢

我喜歡和孩子們聊天，他們常常能用最簡單的邏輯顚覆成人世界中一些最複雜的幼稚，可是大人從來不願承認那些幼稚，因爲對多數大人來說，小孩才會幼稚。

我認識一位名叫「瑋瑋」的小朋友，她常常搖著頭對我說：「你眞幼稚！」，雖然她今年剛上小學，可是我從來不敢反駁她，因爲，她總是站在眞理的那一邊，可惜多數大人對於沒有頭銜的人說出來的眞理很少在意。

我在和瑋瑋聊天時，特別記錄了她隨口說的眞理，但願所有

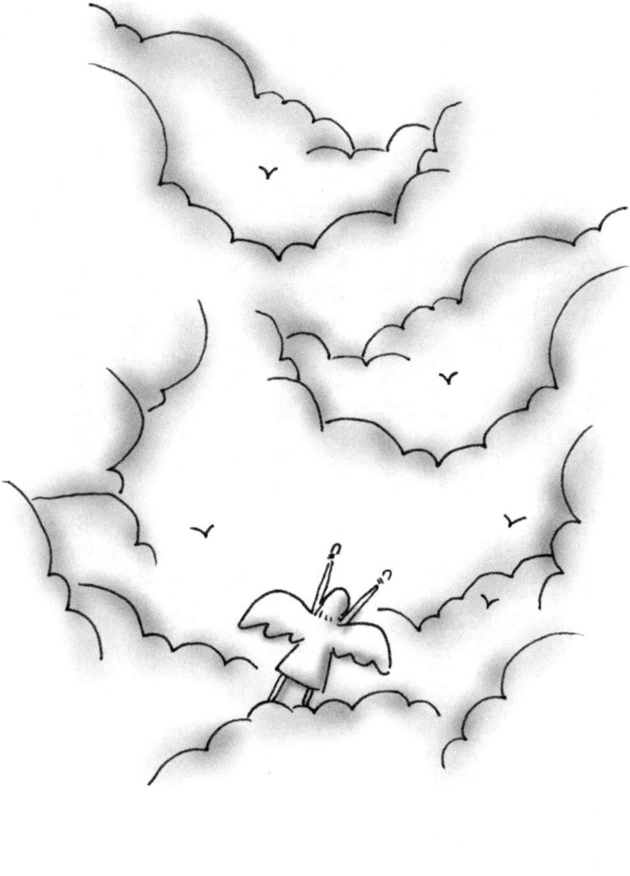

像我一樣幼稚的大人，也相信自己終有一天也會去上「幼稚園」。

◎瑋瑋說：

我奶奶和我弟弟是同一國的
因爲　他們坐公車都不必花錢
他們兩個笑起來也都看不到牙齒
平常　我爸爸不讓奶奶和弟弟吃太多糖
他們兩個還會聯合起來
把零食塞到很多爸爸找不到的地方
萬一　被爸爸發現了
奶奶總是會眨著眼睛對弟弟說：「出去走走吧！」
每次弟弟鬧情緒哭個沒完時
全家就只有奶奶願意理他
要是奶奶的心情不好　也只有弟弟有辦法逗她老人家開心
可是　自從弟弟上幼稚園以後　奶奶就常常覺得很無聊

弟弟問奶奶：「奶奶爲什麼不也去上幼稚園？」
奶奶說：「老人也可以上老人的幼稚園
但是很多老人都不愛去　因爲小孩的幼稚園
每天都會有爸媽或娃娃車送去　然後接回家
奶奶的幼稚園　送去以後　就很少會被記得接回家！」

◎瑋瑋最得意的一件事是　她的夢都是粉紅色的
她說　有一次
我夢見我有一輛粉紅色的哺哺車
那樣我就可以不必等到大人有空才帶我出去走走
有一次　我夢見我有一對粉紅色的翅膀
帶著我飛向天空　和小鳥一樣　自由自在地飛翔
還有一次　我夢見我有一張粉紅色的彈簧床

讓我在上面跳到沒有力氣爲止
然後　我就可以躺在像雲一樣柔軟的枕頭上
一直睡到放暑假
我夢見最多次的是
有一天我的夢都變成眞的了
雖然媽媽告訴我：「夢都是不眞實的　眞實的生活不可能和夢一樣。」
可是　奶奶卻說她也常常和我做一模一樣的夢
而且也是粉紅色的
她覺得對她們老人家來說
夢中反而比較眞實　因爲她們的許多眞實
都已經像夢一樣了

8 福利社（非關真實）

從小我是阿媽帶大的，她對我無微不至，她永遠只教我對的道理。但那絕不是因爲她明理，而是因爲全家她最大，只要是阿媽說的話，誰都不敢說不對，否則阿媽一定會向所有親朋好友哭訴兒女們的不孝，偏偏，我說的話阿媽不敢說不對，否則，我這個阿媽的心肝寶貝要是哭起來，全世界都會知道我阿媽「不孝」。

小時候，我不但不必遵守什麼規矩，反而是我家的大人都得遵守我的「規矩」，上學了以後，大家都以爲我是個頑劣不堪的自閉兒，還好，我家有的是錢，阿媽常常塞錢給我，所以只要我保持慷慨，就總是會有些愛慕虛榮的同學跟在我身邊聽我使喚。

以前我不了解，爲何和老爸一起喝酒的朋友都說他做人成功，現在我終於知道了，原來，所謂的成功，就是把自己變成「福利

社」，讓上門的人都得到他們各自想要的東西，然後從這些人的身上，得到我要的東西。

上了國中，阿媽成天埋怨見不到我的人，只有在要錢的時候才回家。現在好了，我和阿媽幾乎天天見面，她來看我的時候總是問我還需要什麼？錢夠不夠用？可是她塞再多錢也無濟於事了。

今早，她哭哭啼啼地說，老爸正在找最好的律師想辦法救我出去！要我安心，需要什麼儘量和阿媽講。

我眞的想跟阿媽講，別再給我了，眞的，什麼都別給了，我現在只想要有個人來告訴我，以後的日子該怎麼辦？我不想一輩子都蹲在這個鐵籠子裡。

9 活出自己（鳥人鳥事）

「媽，我愛妳！」小六子的媽，在深夜接到一通神秘電話，一個似曾相識的聲音向她說了這句她這輩子只能在電視連續劇裡聽到的台詞。

在確定是小六子的聲音之後，掛上了電話，徐媽媽又連忙打了一通電話給我，把我從睡夢中挖起來：「你和我們家小六子是從小一起長大的死黨，你最了解他，他剛才打電話對我說他愛我唷！依你看小六子是不是生病了？依我看可能是最近受到什麼刺激，是不是公司壓力太大，還是開車撞到頭了？你幫我問他看看。」

我和小六子有二十幾年的交情，他是那種生活沒有太大起伏的傳統男子，要他把愛掛在嘴上當成表達工具，我也覺得事情似乎眞的有些蹊蹺，趁著跑業務經過小六子公司附近，我約他出來聊聊。

不等我探詢，小六子一見面就急著對我說他最近參加了一個從國外引進的「心靈成長班」，讓他整個人有脫胎換骨的感覺，他勸我也加入他們的「成長」，他一直強調這麼好的東西，一定要讓所有好朋友一起來參加，他興奮地說：「剛開始還覺得學費很貴，可是現在我上完了三期課程，交了快十萬元後，我的心得只有兩個字，値得！」

我說：「可是你把你媽嚇壞了，她還問我，現在流行的『漢他病毒』，是不是對腦袋有影響？她懷疑你感染到漢他病毒。你的轉變是不是太快了一點？」

他說：「我們中國人的性格都太封閉了，很多的情感和感覺都不敢表達出來，從來沒有給自己『做自己』的機會，所以人與人之間的溝通，常常就在這裡出了問題，上過成長班後，我開始學會做我自己，釋放我的情緒和情感，這個課眞的很棒，現在我讓我老婆也去上課，你也去吧！」

小六子接著敘述他在課堂上如何從羞怯到敞開心胸，如何在其他學員前扮演脫衣舞男進而擺脫原來那個中規中矩不善表達的自己。看到他的破繭而出，我不得不由衷爲他感到慶幸，我覺得和小六子一起長大至今，這一次的「成長」最令人耳目一新。

上星期六，我去看徐媽媽，老人家正帶著兩個孫子在電視機前看卡通，她熱情地招呼來造訪的我並對我說：「放假不出去走走還跑來看我這個老太婆，你眞是點燃自己、照亮別人

啊！」我懂徐媽媽的意思，雖然她不擅長準確地表達她的心意，我能理解，那只是因爲在上一代的感情裡，總是比較重視「體諒」以致於欠缺「表達」的部分。

我問她：「小六子是不是還在公司忙，他最近還好吧？」

老人家說：「他最近想通了，沒有那麼拼命工作，比較懂得愛惜他自己，他說他還要多愛他老婆一點，畢竟以後能陪他一輩子的人是他老婆，現在一到假日他都會帶著他們一家人出去玩，今天他說他自從有孩子以後，已經很久沒和他老婆單獨相處，所以把孩子放在家裡請我帶，我就帶著他們看了一天的電視。」

我替老人家抱不平說：「下次見面時我非罵他一頓不可，他愛他自己，也不能拿老媽做墊背啊！他怎麼不替您想一想？」

徐媽媽見狀，一臉驚慌並急忙解釋說：「沒有你想的那麼嚴重啦！我們這一代人，一輩子都在帶孩子，腦袋裡想的都是怎樣把小孩養大，根本不會安排自己，就算要我們出去我也不知道要玩什麼？留在家裡幫他們照顧孩子，這樣大家都好，而且我替他們看小孩也很快樂啊！平常他們上班小孩若是放假也是我在帶，一樣嘛！你不要去說小六子，這樣他會不高興的。」

經過小六子的介紹，我也去上了一期成長班的課，在爲期一週的課程結束時，我在學員留言板上寫下了這麼一句話：「我們用盡全力地活出了自己，卻理直氣壯地讓別人，失去了自己。」

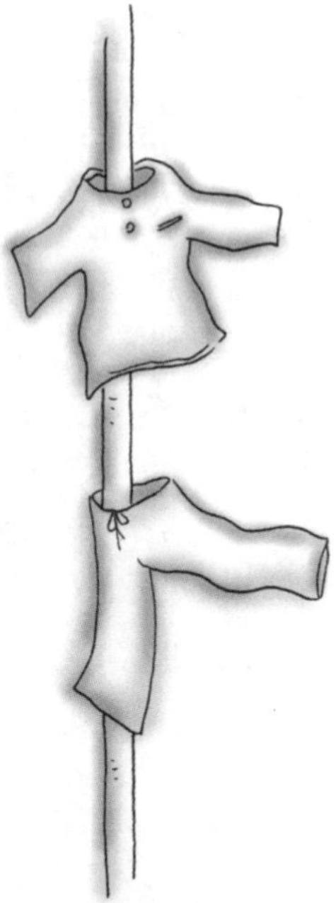

10 孫子兵法（好人好事）

昨天楊伯伯來我們家，他是我爸爸的老戰友。據說他和楊媽媽是爸爸在軍校同期中最恩愛的一對夫妻。可是我那愛喝酒的老爸，總是私下把那些以家爲重的朋友歸類爲「重色幫」，因爲每次他呼朋喚友找人乾杯時，那些「重色幫」都以「老婆會生氣」爲由推拖。老爸常說：「帶兵打仗的男人都會讀孫子兵法，但是即使兵法讀得再熟，只要碰上女人，男人就都成了孫子。」所以誰要是喝酒開溜，都會被老爸說是要回家讀「孫子」兵法。

多年沒來，這次楊伯伯一到我們家竟要找酒喝，老爸尷尬地說：「不瞞你說，兩年前我吐血被送進醫院，醫生說我是胃出血、肝硬化加上高血壓，再不戒酒就得辦後事！眞沒想到我一生

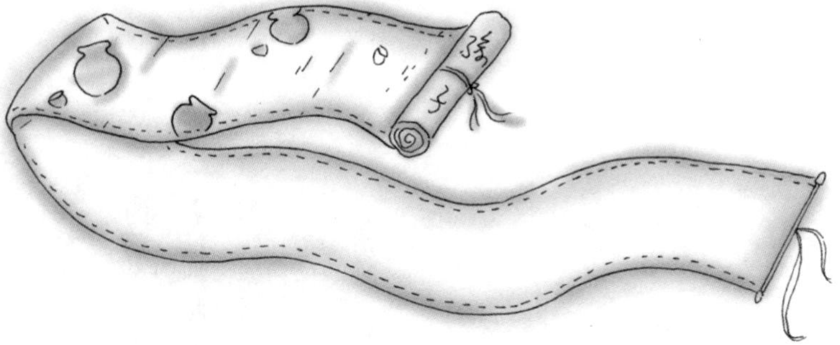

戎馬，沒死在共產黨槍下，卻險些栽在公賣局手裏，怪只怪我以前太愛逞英雄，這下也只好讀讀孫子兵法囉！」

原來事情是這樣的，楊伯伯伉儷感情一直不錯，大家都知道楊媽媽是個極賢慧能幹的女人，雖然有時愛乾淨過了頭，但楊伯伯總是能將其視爲優點欣賞，並鼓勵有加，直到更年期後，楊媽媽變本加厲，開始限制家人飲食起居的方式，不歡迎客人來訪，還把養了好幾年的長毛狗剃光身子，這些古怪的行徑，理由竟然都只是爲了維持家中的清潔，楊伯伯說他們家現在根本就是「中正紀念堂」——只宜參觀、不宜居住。氣得他只好離家出走。

就在這個時候，電視裏正在播放足球守門員慢動作飛身救球的精采鏡頭；聽了剛剛楊伯伯的敘述，我彷彿也像看到楊媽媽提著拖把和水桶，正飛身撲向楊伯伯，就爲了接住從他嘴角掉出來的餅乾屑的畫面。

孫子兵法曰：「奇正之變，不可勝窮。」人生無常，世事不能預料，看來，大凡打敗自己的人，總是自己！

11 咕咕鳥（真人真事）

我們樓上的張先生以前是警察，不知道是不是無法劃分辦案和生活的界線，從他全家搬來二樓起，我們這棟公寓的爭吵和打罵聲就不絕於耳，原本以爲，有個警察當鄰居會較有安全感，沒想到，安全感沒享受到就已先賠上大夥兒的安寧。

根據我母親的報導（她是我們巷子公認的地下里長，凡是左鄰右舍的八卦消息，如果沒有經過她的證實，公信力都有待加強），張太太早在二女兒讀小學時就已負氣出走，至今沒回來過。爲此，聽說張先生辦起通姦案比辦謀殺案還起勁，而且總是主動要還給男方一個公道。

之後他獨自撫養兩個孩子直到成年。偏偏唯一的兒子不吃他父兼母職、茹苦含辛這一套，在沒來得及繼承父志當上警察前就已學會與黑道鬼混，常常不是被老爸打出家門，就是得從另一管區將他領回家。直到後來，仍然不知去向。所幸女兒還算乖巧，不過也是早早完婚，從此除了年節不再回門。

年前老張提早退休，整天一個人在家。身為鄰居，我為他寂寥的晚年深感同情，卻又忍不住在夜深人靜時為這份遲來的「安靜」暗自竊喜。可是，不知從什麼時候起，老先生每天開始敲敲打打，釘東釘西，原來他開始養起鴿子，許多鴿子，許多。

我雖然也沒種離開城市，老是得窩在如同雞籠的公寓裏幾十年，但我仍無法忍受人們只為了自己的佔有慾，把應該飛翔的生命按照養豬的標準關在養雞的籠子裡。更何況樓上的那些臭肥鳥，每天晚上都要「咕咕、咕咕」叫個沒完，吵得我連做夢都會夢到自己是隻鴿子，一直對著其他呱噪的肥鳥咕咕地罵髒話。

甚至我開始憎恨金庸小說中的「楊過」，因為只要有這齣武俠連續劇，就會天天聽到家家戶戶的電視機也不停地在叫「姑姑、姑姑」！

在我提出的檢舉被市府置之不理後，我決定要自力救濟，辦法是沿著窗口爬上二樓陽台，然後把鴿子統統放掉！

聰明吧！

當我千辛萬苦潛入老先生的「鳥厝」正要打開雞籠時，竟看到幾乎每一個籠子裡都有羽毛未豐的乳鴿正嗷嗷待餔。

靠！眼前要是放走了大鴿，小鴿就註定餓死。

我又爬回一樓。除了繼續夢我的髒話鳥，什麼也不能做。

此刻我突然覺得我們都是雞籠裏的鴿子，終其一生不讓自己飛，也不讓別人飛，然後在不得不各自紛飛後，讓自己和孤寂，共享晚年。

12 扁桃腺媽媽

醫生告訴她，她有憂鬱症的時候，其實她早就知道自己不對勁了。

每天她老公上班之後，她就會從衣櫥或是床鋪底下把藏起來的酒拿出來，一個人喝個爛醉，昏睡到傍晚再去洗澡，噴上很多香水，蓋住身上的酒味，然後起身準備晚餐，有時候飯菜已經都燒好了，老公才打電話給她，說晚上忙，不回家吃飯了。她就把飯菜井然有序地收進冰箱，留下簡短的紙條，然後把瓶底剩下的酒再接再厲的一乾而盡，早早上床睡覺。她根本不知道老公是幾點回來的，也不重要，反正如果他回來吃飯，兩個人不是看電視就是看報紙，兩個人會說什麼話，會做什麼事，日復一日，早已千篇一律。

他們的獨子已經上大學住校，完全不用她擔心，應該說是她不關心他最開心，到了一個年紀之後，兒子已經有自己的生活圈，放假也寧可和朋友在一起，偶而打電話叮嚀他幾句，他總是回答：媽，我又不是小孩子了。

她覺得這個世界有沒有她的存在，都不會有什麼不同。

兒子剛剛讀中學的時候，她也曾經很努力地想要參與一些社工活動，做個新時代的母親，或是去聽演講、參加成人才藝班，老公和兒子也成天把「自我成長」掛在嘴邊，好像全家只有她一個人是停滯的，是靜止的，是沒有自我的……，但是這一大一小，一進門只會喊餓，東西也隨手亂放，吃完飯更完全攤在電視機前的沙發上，她實在看不出這兩個人的「成長」，長到哪裡去了，不過，爲了自己最愛的兩個人，她成天忙進忙出，腦袋裡全是一些：衛生紙只剩一包，冰箱食物快過期了，乾洗的衣服要順道拿回來……之類雞毛蒜皮的事。

每天每天，她還是把自己打扮得漂漂亮亮，看上去相當年輕，她也常常告訴自己，嗯，漂亮一點，自己和別人都會開心，不要步入中年之後看起來眞的像歐巴桑一樣，可是不管她打扮得多優雅，在她心裡好像都有一個塡不起來的洞似的，她越來越不想看到窗邊的曙光，也不想起床。

不論是逛街，和朋友聊天、喝下午茶，還是去當義工，面對人群的時候她都還算正常，但是一回到一個人的狀態，她就覺得好疲倦、好累，剛剛發生的事好像是在演戲一樣。

「沒想到在酒精中毒之前，我還被附贈了一個憂鬱症啊」。聽到醫生說，她可能是因爲面

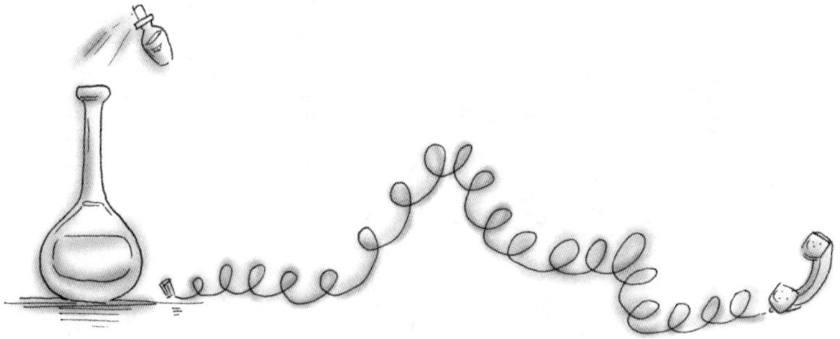

臨了孩子長大、家庭重心頓失的空巢期，導致情緒與內分泌的失調……除了藥物的控制之外，她最好是吃吃巧克力、甜點，或是做些能讓她自己感到開心的事情，可是她已經快要忘記讓她快樂的事情是什麼了。

老公和兒子剛剛得知她有憂鬱症的時候，一開始也頗為愧疚的陪了她幾天，到後來，「自己的問題只能靠自己解決」，他們認為不要對她過度縱容才是幫助她的最佳方法，紛紛回到了自己的生活軌道裡。

令她感到欣慰的是，兒子打來的問候電話變多了，不過最終仍免不了以「我又不是小孩子了，不要擔心」做為結尾，老公也盡可能不加班，準時回家，但兩個人還是沒什麼話說，啞口無言，最後他仍舊抱著他的報紙和電視機。

或許她在她們家扮演著扁桃腺一樣的角色，她的發作，表示其實是整個家裡的溝通發生了問題，不過，怎麼說呢，這父子倆都還眞的是小心翼翼不要和她的憂鬱症扯上任何關係。「自我成長，自我成長」這年頭，自我成長的光環，讓其他事情都顯得微不足道，她知道老公和兒子一定會繼續用支持和讚許的眼光，看著她一步一步邁向自我成長，而她要的可能只是幾句甜蜜一點、中聽的話。

13 贏的滋味（真人真事）

小龍去年好不容易考上大學，才讀了半年就被他老媽以前途爲重說服他移民來加拿大。

他是我的親戚，剛到沒幾天，一切還很陌生，離此地大學開學又還有半年，只好先暫時寄宿在我加拿大的大姊家中，正好我也來大姊家渡假，可是加拿大的冬天娛樂少又到處冰雪泥濘出門不易，爲了打發無聊，我和小龍一天總要下好幾盤棋，因爲輸贏各半，所以原本不太愛下棋卻鬥志高昂的他，總是興緻帛帛地非要找我分出個勝負不可。

「吃馬，嘿嘿，將軍！」小龍得意地說。這位少爺在下棋時，是那種衝勁十足下手不留餘地的棋手。此時他的炮抓住機會吞了我剛過河的馬，可是我的車卻早已等在一旁，正好以一支馬換掉他的小鋼炮。

以戰略而言，小龍求勝心切步步進逼，無時不以吃我的老帥爲第一要務，可是對我來說，打發單調的日子遠比贏棋來得重要，所以我總是一副漫不經心地和他消磨老帥以外的棋子，眞到雙方的棋子都消耗得差不多後，才決定這盤棋該輪到誰輸。

有時我會倚老賣老地向他說些棋理：「下棋嘛！就像是過生活，不管怎麼下，要想下得好，就先別太在意輸贏，當你將到別人的軍時，就等於將了自己一軍，因爲別人若是被你將死了，你不也就玩完了嗎？問題是，下棋可以再來一盤，人生可不能再來一次呢！」

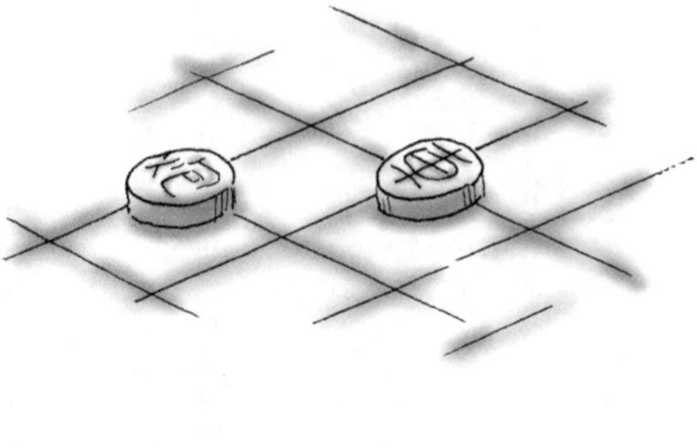

小龍總是不很耐煩地回我：「別扯了，又是老掉牙那套，下棋要是沒有輸贏有什麼好下的？人生要是少了競爭，那不是和吃飽等死一樣？」

小龍的母親沒多久也趕來加拿大照顧他。一下飛機就向我們探聽此地的物價和生活環境，雖已年屆五十，可是精明幹練的氣息仍讓人一眼就可以感覺得出來。

接下去的幾天，龍母一刻也沒閒下來，拖著我開著車以掃街的方式去租房子、看家俱、預購日用品，時不時還不忘買些水果飲料或請我們家人上館子，慰勞多日來大家的辛勞，不論從做人或做事的角度來說，小龍母親的效率都不得不令人佩服。

再往下，就令人有些吃不消了。縱然這位女強人的體力和能力都過人一等，可是她的概念是：「接下來一定會有更好、更便宜的東西會出現」，所以她總是逛得多、殺得兇，真正決定要買的東西卻少之又少。在購物過程中，她是絕不會輕易讓賣方多賺一毛錢，她說她這輩子極少吃虧，唯一一次吃的大虧，就是嫁給了她老公！

面對她沒完沒了的觀察追縱、比價、殺價，我不得不現出無能爲力的態勢，原本以爲她會因爲沒有車子代步而決定休息兩天，沒想到兩天過後，她興奮地跑來向我們報告最新「戰況」：「我昨天買了張地圖和公車指南，帶著小龍去逛幾個重要商場，最精采的是那個××傢俱廣場，他們七點打烊，我和小龍六點四十下車趕到他們的門口，抬頭一看，竟然走錯了門，如果走大路繞到正門肯定來不及，結果我一馬當先，當下爬過他們快兩公尺高的圍網，然後穿越一片深及膝蓋的雪地，當我六點五十五分衝進他們大門口時，小龍還愣在攔網那頭呢！這孩子，要是沒有我，眞不知他以後怎麼辦？」

我張目結舌地聽完龍母的「戰績」後，直誇她是女中豪傑，又問她買的傢俱包送嗎？或是我開車去幫她載？她理了理髮絲說：「我沒買，那個售貨員堅持只給我打九五折，我說我是當天最後一個客人，爲了衝業績，他應該給我八折，至少九折的優惠唄！可是老外都是死腦筋，跟我耗到快八點，大家都下班了，他還是不認輸，所以我就偏偏不買，氣氣他，等過一兩天我再去，如果他還是只打九五折，那時我買了就表示一定不會吃虧。」我轉身看了一眼小龍疲憊的身軀，當下報以無限同情的眼神。

小龍母子住定後幾天，沒等小龍提出想法，龍母已經用她流利的英語爲小龍接洽安排好了一系列課前和課外輔導，並且表示，爲了尊重小龍的意願，可以讓小龍自己決定是本週開始上課還是下週開課？氣得小龍絕口不再和母親對話。

好長一段時間，他們母子倆共處一室，卻總是要經過第三人傳話給對方，我那時就像個張老師，不時要分別接見他們母子，以便幫他們傳達彼此的交待和感想，以下是他們分別與我談話的內容：

龍母：「小龍今天早餐沒吃，帽子也沒戴，一聲不響就跑去語言學校了，天氣那麼冷，他一點都不會自己照顧自己，要是我回台灣以後，他一個人怎麼辦啊！你們都是年青人比較合得來，幫我勸勸他，他什麼事都悶在心裏不願對我說，哪天惹火了我，再也不理他，看他怎麼辦！」

△　△　△　△

小龍：「你不用費心勸我，我和我媽相處了二十年，我太了解她了，只要你不按她的話去做，她就會說你不尊重她，一旦你照她的話去做，她又會說你凡事都得依賴她，沒有她不

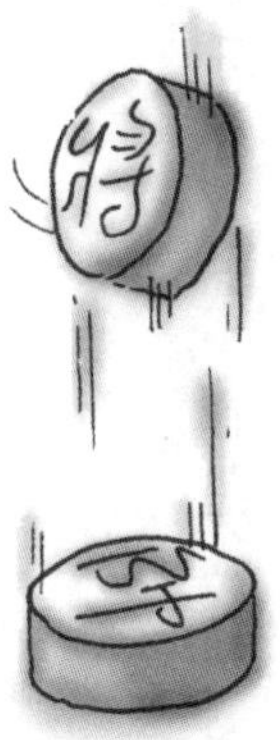

行，下次一定要聽她的，而且她永遠只記得自己得意的事，從來不提做錯或失誤的地方。」

△　△　△　△

龍母：「我一輩子來沒有被擊倒過，我認爲，人只要意志堅定，跌倒了再站起來，沒有什麼是辦不成的。」

△　△　△　△

小龍：「我媽啊！永遠只在乎贏的滋味，從來不管她到底贏到了什麼？更別說輸掉的東西咧！」

△　△　△　△

龍母：「我眞的是上輩子欠我兒子的，放著台灣好好的日子不過，又是風又是雨的跑來這兒照顧他，給他做牛做馬，小龍卻一點也不領情，整天給我臉色看，一個母親做到這種程度，還要被兒子糟踏，快被他氣死了！他要是再這樣下去，我下禮拜就坐飛機回台灣，讓他自生自滅，懶得再看他臉色了。」

△　△　△　△

小龍：「……，其實，我也不想和我媽吵，你和她年紀差不多，你勸她她會聽的，告訴她，兒孫自有兒孫福，她只要把自己的生活過好，就是我們這些做子女最大的福氣了，如果沒事，請她早點兒回去台灣，我爸爸還等著她照顧呢！」我坐在一旁面無表情。內心卻默默地向全國那些每天辛勞地負責傾聽和勸說的張老師們，致上最崇高的敬意。

在加拿大的假期結束後，我返回台灣。往後的兩個月，沒聽說龍母要返台的消息，即使其間小龍的外婆病重住院，小龍母親仍然沒有放下小龍回台探病。我猜，他們終於自己找到一種相安無事的相處方式了。

這幾天，學校開學在即，我接到一通電話，是小龍打來的，他對我說：「我辦好了正式入學的手續，可不可以麻煩你抽空勸勸我媽，讓她想開點，至少我哥哥還願意聽她的話。」我有點納悶地問他：「你們又怎麼了，天天住在一起還要我遠從台灣給你們調解，就不會互相讓一讓對方，就像下棋一樣，偶而輸一盤也沒什麼大不了的，何必要弄得兩敗俱傷呢?」

小龍說：「這次我認輸，澈底的輸啦！我現在人已經在台灣，我決定回原來的大學復學，半工半讀上完大學，實在不行就休學去當兵，我媽現在一個人還留在加拿大，你說我爸？我和我爸也沒什麼好說的，麻煩你勸勸他們。」

掛上電話，我沒有再扮演張老師，因為，這盤棋我也不知道該怎麼下了。

人情篇

1 權威（真人真事）

在我們身邊，常可看到許多熱愛權威的人，他們會用各種方法展現自己的全知全能和領導才幹，老彭就是其中之一。

彭老伯總是有自己的一套人生哲學，他說：「醫生啊！都是些不談生意的生意人，治好你的病要收錢，治壞了照樣要收錢，既不能討價還價，又不准試吃或退貨。今天要是有科學報告證明醫生是對的，明天準又會有報導告訴你，昨天醫生說的是錯誤的，所以說我向來是只相信自己。」

千萬不要以爲老伯是那種立志學醫或上山苦讀的人，他只是像許多人一樣，不斷地發明出「新招」來打發自己無聊的人生。

比如說他一天要打兩三個鐘頭的電動遊戲，如果你膽敢好言相勸，他也會不惜花兩三個鐘頭向你曉以大義，告訴你打電動可以預防老年痴呆！（關於這一點，就算不打電動，也沒人會相信老伯會痴呆，他充其量只會讓別人痴呆而已！）

還有，像「抽煙可以幫助肺部增強抵抗空氣污染的能力」、「唱國歌能幫助新陳代謝」、「飲酒會讓凡人變成詩人」等等道理，都是他奉行不渝的座右銘。

上個月，我去探望老伯時，他正在做指揮調度的工作，十幾個人的起居進退完全按照他的指示操作。每天，全中心的人都會靜靜地聽他演說，直到他疲倦爲止，看樣子，彭老伯是眞正地找到了自己的人生舞台。

唷！忘了告訴你，老伯前一陣子因爲中風，

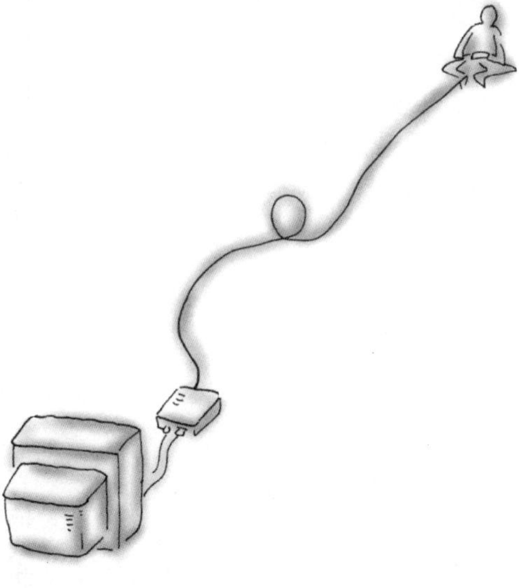

單邊癱瘓住進「安養中心」，那是一間專門照顧植物人和癱瘓老人的收容處，彭老伯是裡面最輕微的患著，也是全中心最有權威和領導才能的健康顧問。

2 王老五的貞操帶（真人驢事）

太陽懶懶地掛在山頭。

老王和幾個也是單身漢的老兵圍坐在夕陽映照的「榮民之家」內閒聊。圍牆的另一端有座教堂，頂端十字架的霓虹燈也在此時亮了起來，散放著救贖的光芒。

老王指著暈紅的十字架說：「聽說信耶穌可以得永生，可是俺要是眞的得了永生，還是結不成婚，俺他奶奶的和耶穌有什麼差別？」當年隨著部隊隻身來台，一轉眼老先生已經從一個衝鋒最前線的熱血青年，成爲棲息在社會邊緣的牢騷老人，對他來說，沒有結婚這件事，早已是個凌駕國家民族甚至是宗教之上的遺憾。

劉胖子比較樂觀，雖然自己也一直是王老五，他仍然勸老王說：「我說老鄉，這件事也不能全怪耶穌啊！我看耶穌心裡一定有很多苦處，好好一個男人，穿得那麼少被人釘在十字架上給大家參觀又下不來，就算不痛死也要羞死，大家不要不知足，我們算是幸福的囉！」

邢老二結過婚，不過那是來台灣之前的事，隔了四十年他再回家鄉時，老婆早已改嫁別人，他和其他人有不同的無奈：「唉啊！結婚有啥個鳥用，她要是去跟別人睡，你管得著嗎？神愛世人，可神管不了老婆偷人哪！」

張飯桶對女人沒什麼意見，平日除了吃飯時看得出來有明顯的企圖心和進取精神外，多數時候只會跟著別人瞎起鬨，他接著大夥兒的話說：「鄧小平說，管他黑貓、白貓，能捉老鼠就是好貓，咱也覺得，管他耶穌、紫蘇還是方塊酥，能保佑咱找個如花似玉的姑娘當老婆，就是咱的好耶穌，真要是娶了老婆，咱不在家沒關係，搞個貞操帶給戴上就行啦！」

老王小時候讀過兩年私塾，是這群王老五裡書讀得最多的，他常以知識份子和權威自居，他反駁張飯桶說：「你還眞是個飯桶，一點大腦也不用，都什麼時代了，還有貞操帶，以前的男人又自私又殘忍，爲了怕老婆偷人，搞個鐵籠子讓老婆戴上，連洗澡上廁所都要向老公申請開鎖，萬一遇上她『大姨媽』來還得了，那哪裡是人過的日子，婚姻嘛！就是相互尊重才能白頭偕老，你現在還有這種思想，誰願意嫁給你？」

張飯桶最崇拜知識份子。聽了老王的分析，他頻頻張嘴、點頭、稱諾。

不久，邢老二又提出另一個觀點說：「這

麼說來，我看男人越有成就，女人就越可憐，聽說釋迦牟尼是先結婚再出家，出了家的人和耶穌釘在十字架上不都是一樣，哪有時間顧得了另外一半？那不是等於給老婆戴上一輩子的貞操帶一樣，可見男人要是事業做大了，就等於逼著他們的女人偷人哪！」

綜合大家的想法後，老王繼續端出一副學者的模樣，一面踱起步子一面給大家下結論：「這些大官有錢人都蠢得要命，現在科學這麼發達，總會有個兩全其美的法子，要是換作俺，俺就花點錢找人發明一種鑲在內褲裡的電腦，一般上廁所、洗澡頂多20分鐘，要是俺老婆脫下褲子超過20分鐘，俺的電腦就會自動發射訊號接通俺和老婆的手機，俺就可以掌握第一時間，問她是在拉肚子還是在洗衣服？要是說不出來就表示有問題，他奶奶的，只要有錢、有頭腦，俺就不信，女人還可以搞出什麼花樣來！」

這下子，其他人都和張飯桶一般，也頻頻張嘴、點頭、稱諾，認爲老王不愧是個道道地地的知識分子。

最後，劉胖子忍不住問老王說：「對了，耶穌後來結婚沒有？沒聽說過他有小孩嘛！」

天黑了，太陽再度懶懶地下了山頭，等明天起個大早再趕來聽老兵們的新發明。

3 五十歲感言（假人真事）

已經好多年沒嚐過抬頭挺胸的滋味了。

我眞的的老了，全身都不聽使喚啦！吃過不知道多少中西藥和秘方，醫生們只會說我這是一種過度操勞後的衰老現象，我相信那些醫生一定不曾有過全身癱瘓的經驗，才不懂得將心比心替老人家再想想辦法。不過，這也不能全怪醫生，也要怪自己年輕時不懂得節制，想遠一點。

我年輕的時候，也和所有的年輕人一樣，喜歡衝鋒陷陣，與人一較長短，即使有此朋友或書上會勸說：「人在世上，努力固然重要，但如何營造自己和他人和諧的互動關係更是不可或缺的人生課題。」當時，我根本懶得搭理這類無聊的論調，我在乎的只是征服，一定要征服對方才能享受什麼叫快感！

唉！事到如今我才眞正知道「感覺」的重要。年輕人總是體會不到，生命中最可貴的，都是那些表面上看不到的東西。

現在，如果讓我聽到還有人在讓自己的人生淪爲一連串乏味的機械操作，不曾追尋過眞正的感動的話，我一定會去警告他：當他五十歲時保證將和我一樣，再回首人已遠走，只留下孤單寂寞。」

今天一些朋友來爲我祝壽。切蛋糕時大家要我許願，我當然是希望能有再站起來的機會，果眞如此，恕我義正嚴辭，我發誓絕不再把時間和生命消耗在無盡的慾望上，畢竟人類之所以能超越禽獸，除了努力外，靠得是感情

與智慧，可惜許多人和我一樣，非要等到自己沒有感覺時才會感覺得到。

說那麼多聽不懂的道理，你該對我有點好奇吧！忘了向你介紹，我是「老二」，通常我若不快樂、不能站起，我的老大們也不會快樂，這就是爲什麼男人們都稱我是他們的老二，然後猛吃「威而剛」給我進補，因爲，對男人來說，事業第一，我第二。

4 金班長的寂寞（真人）

對於許多老一輩的人來說，兒女成群各有美滿歸宿，應該是人生一大樂事，可是金班長在大女兒的婚禮中，不論是迎賓或送客，表情都流露出幾許的木然，就像這場婚禮對他意義不大似的。

金班長是我當兵時的長官，是我見過最正直又和善的士官長，他對屬下從不大聲斥喝，遇到問題時也總是樂於助人。尤其是軍中貫有的色情文化，他不但從不沾染習氣，連對一般女性都絕對保持端莊，不苟言笑，我對他始終是打自內心的敬佩，所以退伍那麼多年來仍保持與他聯繫。

他大女兒出嫁那天，老班長在酒過三巡後，勸我們這桌的單身漢，在感情的路上要有所堅持，不要爲了結婚而結婚，他像個哲學家一樣地說：「一個人的孤單是一時的寂寞，若兩個人在一起仍然孤單，那可就是一輩子的寂寞了，年輕人要三思啊！」我們八卦時都在猜老班長八成是對新女婿有些意見，藉著酒後一吐爲快。

一直到酒席散後，金班長不過癮，硬是拉著我到別家餐廳再喝個痛快，可是，喝醉的金班長眞是令人受不了，不但話多，還喜歡動手動腳的，弄得我不知如何是好？我想，老班長大概是爲了形象，所以平時太壓抑，酒後竟顧不得對方是男？是女？

第二天，金班長打電話向我道歉，他說：「我昨天失態，請你別放在心上，還有千萬拜託不要把這個秘密說出去，生在我們那個年代，沒有選擇做自己的權利，到了這把年紀，我不敢奢望屬於自己的感情，只希望不失去現有的安定生活，拜託、拜託……」

5 節制（假人真事）

雪嬌阿姨一直抱怨身體差，病了大半輩子，什麼中醫、西醫、秘方、偏方全都吃透透，到現在仍然三不五時要病一場，和她熟悉的人都知道，雪嬌阿姨的醫學常識簡直就要以上電視接受叩應了。

這個月，她又因等電梯不來，便急著要走樓梯趕時間，一不小心摔斷了腿，這會兒正裹著石膏會見我這訪客。

雪嬌阿姨一邊訴苦，一邊交待看護阿姨切兩大盤哈蜜瓜出來，「你把這三個瓜吃掉，冰

箱裏還有，我感覺人要活得有價值，歡喜吃的東西就要給他吃到爽，明天要是腳一蹬，就什麼也吃不到，命啊！」對許多人來說，阿姨看起來比誰都懂得享受，她從來不知道什麼叫做節制。

「人生都是命！」可是個性好強的她，年紀愈大似乎愈認命，她操著一腔台灣國語告訴我們：「我活到這款年歲，錢沒賺比人少，知道的絕對比人多，什麼都有就是沒有福氣，身體總是沒棟頭，同款的藥別人吃了都有效，我吃就不行。」聽了她的遭遇，不由得令人生起同情之心。

「像這回腳傷，我知道西醫只能治標不能固本，我特別找一帖很多人都吃有效的中藥來補，阿別人都吃會好，我才吃兩星期背上就長出好多膿泡，腳還沒好倒是我的鼻子過敏竟然被治好，撿到！」

有點中醫底子的我，看過藥方後覺得不過是幾味活血化瘀的藥，雖有點燥熱卻不應如此嚴重，便問她的吃法？她充滿自信地說：「朋友教我吃七帖，我知道中藥卡慢，而且照我的體質，不下重藥是不會快好的，所以我堅持吃了三十帖，而且一次吃兩帖，你看！我對你們中醫這麼死忠！再吃不好實在沒天理！」

那天我一直在盡力節制我的苦笑。

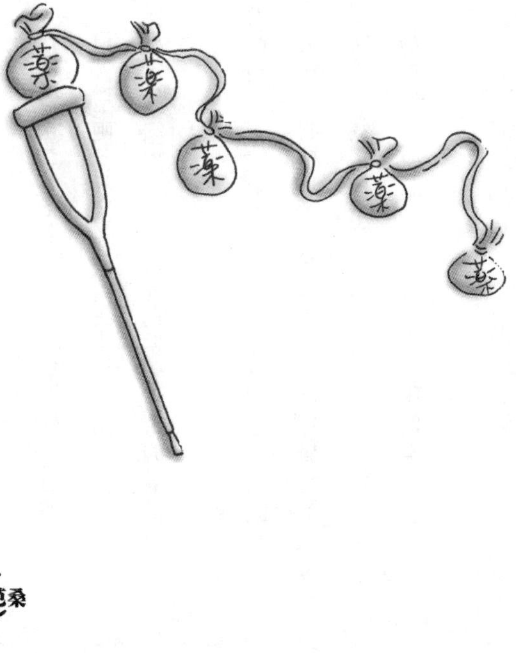

6 沒錢萬萬不能（真人假事）

「錢不是萬能，可是沒有錢萬萬不能！」這是郭董在爲新進職員上行銷課程時的開場白。這兩句話不知重覆了多少遍，她希望能藉此在激勵員工創造銷售業績前，先塑造他們正確的價值觀。

郭女士年輕時是雙鳥直銷公司的金牌推銷員。據她說，這歸功於她幼年貧困的家境，窮怕了的她，不放過任何一個進修和晉升的機會，她常開玩笑地說：「我這一生，什麼都是靠雙手掙來的，連我兩個加ED的老公都是。」所謂加ED就是英文中的「過去式」。

郭女士第一任丈夫是公司的高級主管，個性和她一樣，也是個出了名的強人，但凡強悍能幹之人，都希望別人聽自己的，也許正因如此，那份僅維持了三年的婚姻，分開時他倆竟有志一同地指責對方：「他（她）永遠都不聽別人的！」

接著郭女士竟看上朋友的老公，理由是忠厚老實的男人才能給女人安全感。在一陣雞飛狗跳的爭奪後，她爭到與第二任丈夫廝守的權利。不過十二年後，她的第二份離婚協議書上只簡單地寫著：二人因能力與個性差異太大，無法共同維持現有的婚姻和生活，致協議離婚。

現在的郭女士，是這間規模龐大直銷公司的執行董事，專門負責公司制度的改革和人員的教育課程，等講完今年最後的幾堂課，她就

可以領到大筆退休金而功成身退，也算是在人生奮鬥的過程中打上完美的句點。

唯一美中不足的是，只有在缺錢的時候，她才會接到遠在美國留學和移民的兒女們主動打電話回來給她請安。她也總是在掛上電話後獨自對著空曠的豪宅質疑自己：「到底爭到了什麼？」即便如此，郭女士仍然一付樂觀的表情對朋友說：「人哪！千萬不能沒錢，幸好我現在有錢，不然誰會理我這老太婆啊！」

7 舒適和理想之間（真人趣事）

老黃是報社的攝影記者。很多人都曾問他：「五十歲了還要和小伙子們搶新聞，很辛苦吧！」他總是淡淡地回一句：「人在江湖，身不由己啊！」

老黃何嘗不曉得，幹攝影記者需要過人的體力和眼力，這兩點他早已身不由己，問題是，除了記者他還能做什麼呢？更何況人在人情在，若不幹這行，誰還會理他？更甭提「無冕王」的優渥禮遇了。

年輕時，老黃是少數能擠進這個圈子的佼佼者，當年的情況簡直可以用「不可一世」來形容，記得他父親過世時，黨政要員的花圈把他家整條巷子堆得滿滿的。他的「成功」，在當時幾乎成了家鄉青年的奮鬥楷模。

曾幾何時，這份戀棧竟成了最大絆腳石，編輯不知是體恤還是覺得尾大不掉？總是丟些極冷門的路線給他，弄得他有時不得不和些實習記者打交道甚至偶爾還要低聲下氣，因爲有時他的相片總是在沖洗出來後，才發現根本沒幾張焦距是對準的，只好三不五時向他人借調作品，偏偏新一輩的年輕人，要是你的設備和技術不如他，他們根本就不會把你放在眼裏。

記得有一次，他在編輯面前誇耀自己跑到獨家，結果刊出來的照片竟和他報登出來的一模一樣，他氣得打電話質問對方，小伙子竟理直氣壯地對他說：「我賣給你的是相片又不是底片，當然可以加洗囉！」

離退休還有五、六年。老黃最近以資深記者身份發起攝影記者聯誼會，不但可以維繫同行間的團結，又可避免新聞獨漏，更高段的是，他又努力對外防止其他記者跳槽來取代自己，對內加緊對上司的逢迎拍馬，看來，他短期內的地位是穩固了，可是仍然時有尷尬的狀況出現。

他的結局如何？我也不清楚。因爲第二年我就辭了記者的工作，重新學些較紮實的東西。現在我書桌上的座右銘這麼寫著：「人不能像動物一樣光著屁股追求理想，可是多數人總在穿上美麗的衣服後，只棧戀衣服的舒適和美觀，竟忘了自己還有理想。」

8 永結同心（真人好事）

劉老爹是個明理人，從來不對別人有過多的要求。他篤信宗教，開朗又風趣，喜歡和年輕人打成一片，看不出來有什麼問題能讓他煩惱，所以大家都樂於找他當和事佬。

知道他和年輕人合得來，我老爸居然請他來遊說我，要我早點成家，好讓老爸早日含飴弄孫，也免得親朋好友「關心」時，他的老臉掛不住。

上週做完禮拜，老爹約我吃中飯，「有沒有要好對象？」老爹耐心地問我。

「有，但是不想結婚，看多了上一代的婚姻和這一代的感情，各有各的悲痛和無奈，雖也有溫暖的一面，但實在還不足以用快樂的單身生涯來換，我看過許多結婚的人比單身更寂寞。」我不指望老爹能理解，但不想重覆以前太多的對話，於是將話題一下直達終點，希望能有多一些用餐的時間。

老爹似乎能理解，他一直笑著，而且笑容中透出些許無奈，「你不試試怎麼知道一定不好？」他又問我。「老爹，不知道你試的如何？我知道的朋友中，十個有八個都是這麼想，結果一輩子就被這麼試完蛋了。」老爹聽了，笑容不見了，我想我大概有些沒大沒小，正想起身道歉，只見老爹揮揮手示意我坐下，沉默了好一陣子。

「老弟，你說得對，我年輕時也活潑好

動，老一輩都說我結了婚就會安定下來，結婚後兩個月不到，我和老婆雙方因個性太烈，一言不合大打出手，親戚都來勸我說咱們太年輕，等生了孩子就會穩定。孩子生了三個以後照樣天天鬧離婚，鄰居也來勸說離婚不難，好歹等孩子大一點再說，後來孩子們都大了，朋友都勸我們說：『你的孩子都快當爸爸了，你還在鬧離婚，也不怕被人笑話？』如今，我老伴中風在床，我更甭提什麼自由之身了。」飯局到後來，變成我在勸劉老爹要想開一點。

他意猶未盡，堅持要把話說完：「我這輩子就這麼被『勸』完啦！只好自求多福，把精力放在外面，在宗教上找到安慰。感謝主，中風的不是我，老弟，一輩子好短，結婚不難，難在永結同心啊！」

不知道我老爸聽了感想如何？

9 管不住（真的有人，幹了這樁鳥事）

有些事，眞的不好明講，可是不講出來又老是憋著難過。

就像「男人喜歡掌控一切卻怎麼也管不住自己的小弟弟」這件事，從女人的角度來看，大概很難理解這種邏輯。

我老媽不知道罵了我多少次，可是我很難向她解釋清楚。她說我的習慣壞透了，每次上廁所總是那麼莽撞，也不管廁所裡有沒有人就拼命往裡面衝，偏偏我老媽又是那種諸葛亮型的人物，她總是能門戶不閉地端坐在馬桶上，一副羽扇綸巾享受「空城計」中大軍臨城而不敢入的樂趣。

當我衝鋒陷陣闖入廁所時，「諸葛老前輩」就會用那種令「強虜灰飛煙滅」的語氣向我吼道：「你給我滾出去！」

老媽一定不能體會，對於男生來說，憋了一缸子的尿，如果能在行進間就做好一連串「上刺刀」、「開保險」、「瞄靶位」等動作，一旦就定位子彈儘出的一瞬間快感，簡直可以比擬當年捍衛「四行倉庫」時謝團長的壯烈咧！

問題是，當「謝團長」遇見「諸葛亮」的情況發生時，對女生來說不過是不禮貌或習慣不好的層次，頂多「改過向善」就可以了事，可是對結構不同的男生來說，就可能會有致命性的影響。

當過兵的人都知道，槍管若不通暢，槍枝在射擊時就會有膛炸（槍管爆炸）的危險。男生的尿道結構像槍管，如果你的子彈已上膛、目標已確定，班長又已發號施令可以射擊，卻在這一刻非得停止「射擊」並且要帶著機槍迅速轉向另闢戰場，這時你才會體驗到槍管「膛炸」有多慘烈！

上個星期，阿姑從南部上來，要在我家住一晚，準備第二天搭早上的飛機去大陸。阿姑是個事業型的新女性，年輕時就憑著她的精明幹練打下一片江山，嫁給姑丈後依然掌控家中經濟大權，她常常教導我的姊姊們說：「女人一定要有自主權，可以掌控老公，絕不可以被老公掌控，不然就會有吃不完的苦頭！」

這一次，阿姑似乎不再那麼自信滿滿，表情中還不時透著一層疑惑。

我最愛打聽八卦，阿姑經不起我的追問，很無奈地對我說：「你姑丈在大陸做生意，被大陸妹設計，生了一個孩子，前幾天那個女人和姑丈談判，要我們付兩百萬的撫養費，姑丈

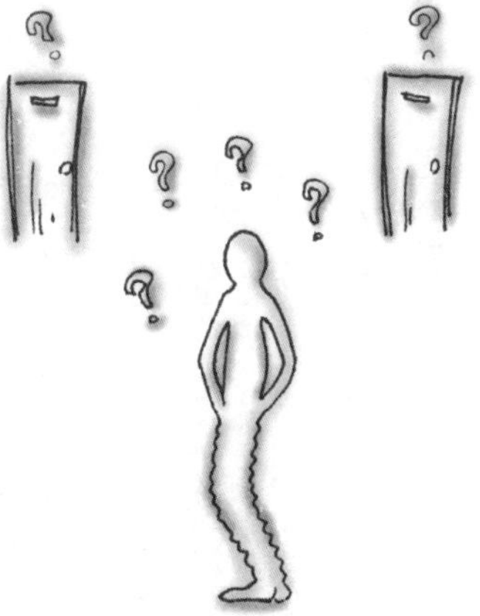

打電話回來說他已殺價到一百萬，算是給他贖罪，也好了斷這樁孽緣，我這次就是給他送錢去的。」

「可是，姑丈他不是……」我正要提出疑問，老媽就突然用腳踢了我一下，要我幫阿姑倒杯熱茶來，然後接著說：「認錯就好，男人的壞習慣最多，犯錯總是難免，就怕不認錯，他既然認了錯就別怪他了，怪來怪去也解決不了問題。」阿姑也說：「對啊！我就是欣賞他這一點，肯負責任。當初我之所以嫁給他也是因爲他有責任感，雖然我們沒有生下一兒半女，可是他總是什麼事都告訴我，賺的錢也都交給我，這比給我一個孩子更有安全感，所以我也願意和他一起挑起這些責任。」

第二天一早，我送阿姑去機場，阿姑在路上不解地問我：「我不知道你們男生腦袋裡到底是怎麼想的，總是知錯、犯錯又認錯，然後又一再地循環下去，我眞的搞不懂？」她還抱怨說我們男生的壞習慣好像永遠都改不掉。

說實在的，我根本沒去聽她的抱怨，因爲那天的路上剛好遇到上班車潮，我們陷在車陣中好一段時間，我的尿壓也隨著高速公路的里程數不斷增加，一到機場我就先急著衝去廁所。

當我完成所有的「先期準備動作」闖入廁所時，卻看見一位母親帶著她的孩子在洗手台前洗手，莽撞的我見狀趕緊道歉，然後低頭收起「槍枝」，繼續衝向對面的廁所，揪著快要「膛炸」的小弟弟，我展開二度攻堅，在開門的一剎那，眼前看到的竟然是，更多的女生，有的在排隊，有的在補粧，此時全都轉頭望著我。

一聲「神經病！還不快出去。」劃破了廁所內幾分鐘的寧靜，我又被趕了出來，這回我沒有道歉，因爲在錯愕中我也想不出自己錯在哪裡？只好咬緊牙關，邁著極不穩定的內八步伐退出公廁，待清楚確認出男廁的眞正位置後，又再次回頭，橫越過那位從容的母親，像賊一般地慢慢挨近男生小便池，完成我壯烈的「謝擊」。

憋了一肚子的委曲，走在和阿姑會合的路上，我準備要向阿姑打開天窗直話直說，這些年來大家都知道，阿姑之所以沒有小孩，醫院檢查的結果是說姑丈無法生育，如今姑丈會搞出一大堆「責任」來，除了姑丈管不住自己的小弟弟這個壞習慣外，阿姑自己始終不願面對事實，也是讓壞習慣一再循環下去的徵結，我很想對阿姑說：「我覺得，阿姑您才是最依賴老公的人。」

我不好明講，便先向阿姑提出姑丈不能生育的疑問，阿姑竟用毫不介意的語氣說：「你姑丈說他在大陸吃了一種很貴的中藥，現在能生了，既然生都生了還能怎麼辦？塞回去？算了，你幫我看看我的粧吧！免得等一下你姑丈看到我像個黃臉婆，你看我的口紅要不要再紅一點？」

我安靜地笑了，沒有再說一句話。

看來，每個人都有些管不住的東西，我還是專心管我自己吧！

10 燕子與蒼蠅（一些人、一些事）

「嗡嗡……」

不知從哪裡鑽進了一隻黑色的大頭蒼蠅，在麥當勞裡的飲食區裡飛來飛去，一下沾到這個人的薯條上，一會兒又停在另一桌的雞骨頭上，所到之處的人們不停地輪流揮趕著雙臂，看起來有點像是職棒看台上觀眾在做的波浪操。不過，大部份的時間裡，黑頭蒼蠅都徘徊在大片的玻璃窗前，看樣子，牠最想要的還是找個屬於牠的出口。

我依偎在麥當勞三樓的窗前，眼睛盯著來來往往的漂亮美眉，試圖尋找些寫作的「靈感」。此時窗外的春天和窗內一樣精采，幾隻輕盈的燕子像流星一般地在窗外的十字路口上空來回俯衝著，算算日子，可能是到了求偶的季節。

一群穿著藍球服裝，看起來像剛比完球賽的高中女生喧嘩著走上樓來，然後併桌子、拖椅子，弄得震天價響，好像比賽仍未結束似的，原本安靜的氣氛開始活絡起來，一些受不了噪音的客人，皺著眉頭離開了，可是對於有點好色的我來說，年輕的女生像一隻隻燕子，體態輕盈、活力充沛，而且物稀爲貴，在年輕人身上我總是可以看到自己得不到或失去已久的東西。

屋內的電視開始啓動播放新聞，電視主播發言：「首次舉辦的多元入學方案國中生基本學力測驗，成績單在今日寄出，據北市議員針對國中三年級學生做的問卷調查結果顯示，有高達六成的受訪者認爲兩次的基本學力測驗等於兩次聯考，並未減輕他們的升學壓力，只有兩成的受訪學生對教育改革仍有信心，不過多位教改界領導人和教育首長仍對教育改革深具信心，他們認爲未來的教育要朝向更開放、更多元的教學方向前進……。」

「嗡嗡……」蒼蠅努力飛著。

背號3號的女同學首先扯開嗓門說：「隔壁班那個爛貨，仗著她胸部大就一直擠我，害我今天都搶不到籃板，大爛貨，平常在男生面前裝得一副弱不禁風的樣子，誰不知道她根本就是個北港香爐！成績又不好只會打球有個屁用？」

旁邊穿2號球服的小個子莫名其妙地問：「賈寶玉是男生還是女生？」

7號球員接著3號的話題說：「他們班爛貨不止一個，好幾次她們帶球走步，裁判也沒吹，搞不好裁判是同情她們，懷了三個月身孕可以『帶球走步』唷！」其他人都笑了起來。隔桌卻有些家長受不了年輕人的開放，起身帶著孩子離開。

「嗡嗡……」蒼蠅繼續飛，堅持留下來的客人，仍然坐在球員們的周圍繼續他們的「波浪操」。

看起來最清秀的5號球員發言：「算了啦！輸都輸了別想啦！明天還要交小組討論的報告，老師說要算在學期分數裡，以後作爲升學參考，快點想想，老師出的『台灣人口老年化的危機』要怎麼寫？」

2號小個子又突然插嘴說：「聽說紅樓夢的作者曹雪芹寫的是自己的故事，那她以前一定是個格格囉！像還珠格格那種格格嗎？」

1號球員的三圍身材還可以，可是臉上的青春痘有點令人吃不消，她說：「台灣人口的老化日益嚴重，老人家愈來愈多是個不能忽視的問題，我覺得政府應該在治標上成立『老人福利署』來解決人口老化帶來的衝擊，從治本來說，要對老人實施再教育，幫助老人打發無聊的晚年。」

強悍的3號選手從背面看去屁股有點大，她再度搶到發言機會：「我們確實應該去關懷老人。雖然老人是一群較不被認同且不受歡迎的弱勢族群，但是我覺得未來老人不可避免會成爲社會中的多數，在選舉掛帥的今天，老人數量的增加反而會讓他們成爲強勢，而且不是所有的老人都值得關懷，所以我們應該提早防範老人問題中的問題老人。」

4號和6號一直以後衛自居，始終不衝到第一線來發言。

小個子2號又找到空隙說：「娛樂新聞說廣末涼子要來台灣唷！我超喜歡她演的日劇，暑假我爸說要給我去日本自助旅行，說不定我可以遇見金城武，阿薇說她在雜誌的報導上看到，金城武其實只穿白色內褲，廣告上把顏色都亂說一通。」

又輪到有點男生氣概的7號繼續3號的報告說：「對呀！我在

西門町的麥當勞每次都看到一大堆老頭子坐在店裡，聽說他們都是在那裡釣美眉，想搞『援助交際』，都這麼老了還這麼色，活像一群蒼蠅，見到美眉就一直盯著看，這種老人就好討厭！」正在觀察美眉的我，聽到這段發言趕緊將頭撇向窗外，故作專心欣賞燕子狀。

我猜，窗外那些美得像流星般的燕子們，可能從來沒有意識到燕子和蒼蠅眞正的差別在哪裡？對於多數人類來說，燕子和蒼蠅都是黑色的飛行高手，他們的「口水」，也都被人類吃得津津有味，卻因爲一個遠一個近，待遇就差了十萬八千里。比如說人們會把可愛女生的名字叫作「小燕子」，大概就沒人會取名叫「小蠅子」！眞要是有一天，科學界證明蒼蠅的口水中含有「比佛氏奧利多活性寡糖鍊球亂酸菌」（一個幾乎沒人搞懂是什麼的名字）可以促進人體免役機能的再生，難道大家就會張大了嘴對著正在飛翔的蒼蠅說：「歡迎光臨！？

「嗡嗡……」蒼蠅仍在尋找出口。

也許有人會說：「外觀通常決定了生命的世俗價值。」

可是如果有一天，燕子也能以一窩產下數百隻幼燕的繁殖能力，讓燕子的數量超越蒼蠅！每天也在人類的飲食起居間與人類爭食，搞不好人類就會開始把燕子歸類爲討厭的「帶菌者」而殺之唯恐不快呢！

依我看，流星和殞石原本是同一種東西，可是它一定要飛得遠遠的，才能當美美的流星，一旦成爲殞石落到人們的身邊原形畢露，就很難講了。就像，即使美麗如燕子，一旦與人距離太近數量太多，她們和蒼蠅就不會有太大的區別了。

「啪！」一記蒼蠅拍聲引來眾人注意，美眉們拍手叫好，黑頭蒼蠅終於被服務生擊中，像殞石般地落在地上。

11 藩籬

一晃眼，玩伴們都已進入中年。記得在眷村的時候，大夥兒還只是一群，每天傍晚一放下書包，就聚在空地上打彈珠、跳格子、繞著村子玩官兵捉強盜的小學生。

在孩提時代，村裡的孩子們，普遍都有一個夢想，希望有一天，能夠走出那道圍著眷村的藩籬去闖闖。等闖出點什麼再來找這些既是情同手足又是競爭對象的玩伴們，好好炫耀一番或分享一切。

多年以後，雖然眷村已改建成大樓，可是那道藩籬卻沒有因此消失，反而悄悄地鑲進了許多孩子們的心中，困擾著那些始終沒走出去或一直走不回來的人，那種既不捨又不願面對的滋味，就好像在生命中的某些領域，明明是清清楚楚的在那裡，卻又一直給人「永遠回不去了」的感覺。

說來好笑，多年沒見，兒時玩伴們第一次的大團圓，竟是在「田雞」的喪禮上。

田雞，是我們村子裡最斯文的男孩，今年四十出頭，是個小有名氣的整型醫師。小時候，他是我們村裡頑皮小孩心目中既羨慕又不屑的對象。羨慕的是，這個獨生子，成績又好又有教養。不屑的是，每當我們冒著回家後腦勺會被父母扁一頓的風險，滾在地上玩出一身泥巴時，田雞只會在鼻樑掛著他那副厚厚的眼鏡，優雅地坐在窗前望著我們發呆。

最可惡的是，每到發成績單的季節，總是可以聽到一些父母們（當然包括我老媽）揪著自己小孩的耳朵罵道：「你怎麼不學學人家田雞！？」

久而久之，田雞幾乎成了同齡孩子們的指標，對於那些成績還過得去的孩子來說，「超越田雞」的使命感，幾乎和當年的「反攻大陸」一樣莊嚴神聖。可對我們這群視「品學兼優」如同「反攻大陸」一樣遙遠的孩子來說，想辦法改變田雞，讓他和我們一起「墮落」，似乎要比超越他來的實際些。可是田雞的膽子小，家教又極嚴，不管我們用盡各種遊戲引誘或言語譏諷，似乎都不曾打動過田雞留在窗前的決心。

「洛妞」是個典型的眷村俠女，她看不過去田雞老是關在家裡，被我們當成「娘兒們」般嘲笑。有一次，她乘著田雞父母不在，竟把自己家裡養的雞，丟進田雞家的院子裡，然後警告田雞說：「你要是不幫忙把雞抓到，等到警察來了，你可能會被抓去關喔！」

田雞開了大門，就像當年吳三桂引清兵入關似的，我們這群「土匪」，不但不急於「平亂」，還都爬上了他家的芭樂樹大啖果實，並掛在樹上觀賞田雞和洛妞四處捕雞，雖然行徑有些「惡劣」，但那也是第一次，我們在田雞的臉上看到泥土和開懷的笑。

往後的日子裡，每到了芭樂成熟的時節，就總是會有哪家的雞，「不小心」就掉進了田雞他家，然後一群「清兵」就會在他家中藉捕雞之名，行收刮之實，更有甚者，有一次我們還帶著自製的竹筒水槍，在他家打起水仗來，害得田雞在事後被他老爸痛扁一頓，還警告他說：「以後不許你再和那些野孩子在一起，沒家教！」從此，田雞家的大院內又沈寂了下來。

直到有一天，洛妞被坐在窗前的田雞叫住，說有一隻雞又飛到他家的屋頂，希望洛妞號召人馬去他家捕雞，可是大夥兒都不願冒著被他父母修理的風險「入關」，而且我們在屋簷下觀察了老半天，怎麼也看不出來，那隻雞是誰家的？

在眾人離去後，只有洛妞願意陪著田雞爬上屋頂。那天，他們倆人坐在屋頂聊了一下午，直到田雞的爸爸回來，他們才匆匆地滾下屋頂，而且爲了扶助田雞，洛妞自己竟從屋頂跌了下來，在額頭摔出一道長長的疤口。

爲了給田雞一個不被「帶壞」的環境，不久，田雞一家人就搬出眷村到台北去住了。他是同村玩伴中第一個跨出藩籬，完成夢想的孩子。

接下來，我們許多人也都陸續地離開了眷村，各自奔向城市，再也沒有回到那道藩籬裡去。

多年後的今天，大夥兒都趕著要來送田雞一程，可到了喪禮現場時，卻像是一頭栽進自己的童年似的，我們拍著彼此的肩頭，回憶起兒時的「惡行惡狀」，彷彿這場喪禮是田雞特別圈了一道藩籬，邀請大夥兒進來盡情地炫耀與分享似的，可惜洛妞因爲新婚「犯沖」不能來參加，不然今天的熱鬧，肯定不亞於當年捕雞的盛況。

告別式後，田雞的爸爸交給我一個紙箱子，要我代轉交給洛妞，說是田雞在遺囑裡交待要留給洛妞的。

他提到田雞說：「這孩子，一直都很乖，可是自從上了大學後，我們就開始替他擔心，他還是哪裡都不去玩，整天只會讀書，連女朋友都交不到一個，後來就一心想當個整型醫師，拼命研究如何消除疤痕，簡直有點病態。」

「說實在的，他選擇自我了斷，我和老伴也不意外，因爲長久以來，我們根本搞不清他是爲了什麼而活，他總是一個人抱著他的玩偶，坐在頂樓的陽台上發呆。」

我忍不住問：「玩偶！這個年紀？」

田雞老爸也不解地說：「是啊！不知從什麼時候開始，他開始收集各式各樣的雞玩偶，而且每次買回來後，就會帶到頂樓陽台去坐上幾個鐘頭。那個給洛妞的箱子裡，裝的就是他收集的雞寶寶。」

我抬頭瞧了一眼田雞老實的遺照，彷彿在那厚厚的眼鏡框下面，又看到一絲開懷的笑和幾處泥巴的痕跡、又看到他和洛妞坐在眷村的屋頂，等待「清兵」入關……。

天然紀念物

2003年3月 初版
作者：胡德成
編輯出版：宜高文化
地址：台北市信義區信義路六段29號4樓
電話：（02）2726-0677　傳真：（02）2759-4681
E-Mail:cultuspeak@cultuspeak.com.tw
　　　c9728@ms16.hinet.net
http://www.cultuspeak.com.tw
圖書總經銷：成信文化事業股份公司
電話：（02）2249-6108　傳真：（02）2249-6103
定價：新台幣160元整
郵撥帳號：19282592高談文化事業有限公司
行政院新聞局出版事業登記證局版臺省業字第890號